Uit het leven van een hond

Sander Kollaard

ある犬の飼い主の一日

サンダー・コラールト

長山さき 訳

CREST BOOKS

Shinchosha

ある犬の飼い主の一日

UIT HET LEVEN VAN EEN HOND
by
Sander Kollaard

First published by Uitgeverij Van Oorschot
First Japanese edition published in 2023 by Shinchosha Publishing Co., Ltd.
Japanese translation rights arranged with
Uitgeverij Van Oorschot in conjunction with
their duly appointed agent 2 Seas Literary Agency
and co-agent Tuttle-Mori Agency, Inc., Tokyo.

Nederlands letterenfonds
dutch foundation
for literature

The publisher gratefully acknowledges the support of the
Dutch Foundation for Literature.

Illustration by Tatsuro Kiuchi
Design by Shinchosha Book Design Division

ヨナとフローリスに

土から取られたあなたは土に帰るまで
額に汗して糧を得る。
あなたは塵だから、塵に帰る。

（「創世記」三章一九節）

心臓が鼓動している——ヘンク・ファン・ドールンは目を覚ましてそう思う。そして血液が流れている、と。心臓について、これ以上賢明なことは言えないはずだ。

一日のはじまりに考えることとしては奇妙だし、——もどってきた意識がそんなふうにはじまるとは信じがたい。それでもとにかく、〈はじまり〉にふさわしく——〈つづき〉をほのめかしているにはちがいない。最初の考えに、〈新たなデータ〉が加わる。彼のいる場所（寝室）、時間（八時と九時のあいだ）、そして天気（晴れ）。〈新たなデータ〉は元気に飛び出してくるのではなく、まるで起きたばかりの不機嫌なティーンエージャーが不愛想な顔をして、朝食の並ぶテーブルにつくような感じで現れる。また今日も新たな一日に見舞われるのは迷惑だ、とでも言うように。ヘンクはまだぼんやりとベッドに横たわったまま、〈新たなデータ〉を少し離れたところから観察する。今日は土曜日だ。スフルク（ならず者の意）は昨夜調子が悪そうだった。なにか変なものを食べてしまったのかもしれない。あとで、今日が誕生日の姪のローザに電話しなくては。情報量の増加によって彼の意識も増し、彼という男の存在も増していく。ヘンク・ファン・ドールン、集中治療室《ICU》看護師、五十六歳。

時計を見ると、情報が常に正しいわけではないことがわかる。まだ六時を数分回ったところだ。その事実は、寝返りを打って目を閉じ、すでに集めた情報を新たな睡眠に投入しようか、という問いを呼び起こす。魅惑的な考えではあるが、時すでに遅し。情報は最小必要量に達し、その間にもあらゆる方向から新たな情報が飛びこんでくる。ティーンエージャーとは違ってもっと陽気で、数日前に牧草地で見た子牛たちのようだ。柵のむこうの子牛たちは興奮して思うままにヘンクとスフルクについて歩いていたが、ヘンクが彼らのほうに一歩近づいて驚かすと、一斉に跳びのいた。それからは二メートルほど離れたところで半円を描いて、濡れた鼻と夢見がちな目でこちらを見ていた。ちょうどいま、情報たちが、まだ身動きせずにベッドに横たわるヘンクをどんな人間かと見つめているように。

心臓が鼓動している、という言葉を彼はふたたび聴く。そして血液は流れる。その考えは昨夜、勤務時間の終わりに、新米の若い女性の同僚――名前は思い出せない――と交わした会話の名残りであることに、ヘンクは気づく。彼らは心臓のもつ意味について話していた。秘密を隠しておく。抱きしめることができる。愛で溢れることがあるが、怖ろしいほどに冷淡でありつづけることもある。そんなのすべてナンセンスだ、と新米は言った。あまりにきっぱりと、好感を抱きようのない口調で。ナンセンス。心臓はポンプなのだ。鼓動する。血液が流れる。それだけのこと。

　ようやく彼は動きはじめる。仰向けになって伸びをする。陽光が部屋に差し込み、いまが夏、正確には七月であることをまざまざと伝えてくる。猛暑の時期だ。もう何日も蒸し暑い。木の葉は熱気にだらりと萎《しな》びて、ひっそりと佇《たたず》む街路樹から垂れ下がっている。通りと店は、バカンスで留守の人たちから置き去りにされたようだ。いっしょに行く人がいないから、ヘンクはバカンスには行かない。弟が勧めるように、シングルの人たちのグループツアーでギリシャ遺跡や観光客にやさしいガンビア、神秘的な南極大陸などに旅するなんてまっぴらごめんだ。そんなことをするくらいなら死んだほうがましだ。まったく、あのフレークの奴めが。ヘンクは急に怒りを感じる。いったいどういうつもりだ？　なぜ勝手に、俺が問題を抱えていて、なんとかしなきゃならないと思いこんでいるんだ？　彼の毛深い手は無意識に掛布団の上でこぶしに握られる。頭のなかで、いままでにもしてきたようにフレークを呪う。弟は臆病な男で、常識からはずれることに耐えられない。彼の常識だ。ヘンクは彼の常識にあてはまらないのだ。ヘンクが離婚しているのは誤り。シングルなのは誤り。バカンスに行かないのは誤り。いくらでも挙げられる。株をやっていないのは誤り。アウディに乗っていないのは誤り。持ち家でないのは誤り。週三でジム通いしないのは誤り。彼のこぶしは心臓の動きを真似て、怒りを黒い血液のように体に送る。それによって彼の体は汚染されてしまう。彼の人生に対する愛、バイタリティが。彼は自制する。怒りはよくない。怒りは彼を辛辣にし、魅力のない人間にする。老けこませる。怒りで太ったとしても不思議ではないだろうし、それはぜったいに避けるべきだ。

サスキア――新米の同僚の名前を思い出した。痩せていて、金髪に染めており、激しさを秘めた目をしている。ヘンクには彼女が自分をどう思っているかがわかる。人生に疲れた中年男で、太り気味、社会の変化についていけない。古株。人生の下り坂。逆に彼が彼女をどう思っているかは、彼女にはわからない。新世代。経験より知識に偏っている。分別よりもエネルギーが勝っているのは、子牛たちとさして変わらない。二人の会話は昨夜、親密で内省的な時間にはじまった。夜勤の終わりにそういう雰囲気になることがある。とくに、勤務時間内に誰も亡くならなかったときに、そうなりやすい。気の毒な患者は次の、あるいはその次のシフトで亡くなるかもしれないが、いまはまだ生きている。仕事は滞りなくこなされ、彼らはナースステーションでコーヒーを飲みながら心臓について話していた。驚くべき臓器だ、と彼は言った。我々のもっとも深い感情を表すのだから。ナンセンス、とサスキアは言った。すべては無意味な感傷だ、と。

そこで彼はグルーチョ・マルクスのことを考えて吹きだす。「命をかけてでも永遠に生きるつもりだ」笑ったことで苛立ちは消える。もう一度伸びをすると、長く自由な週末が待ち受けていることを思い出しながら、体を起こす。悪くない。太陽が、赤みを帯びた茶色のフローリングと自分で造ったカバノキの本棚に光を投げかける。三年前に離婚してからここに住んでいる。ニューストラート（新通り）という名の道沿いにある建物の一階には陰気な年配の夫婦が住み、二階と三階が彼の住居だ。ベッドルームは三階にあり、窓から近所の家々の屋根と、小さな庭や納屋、路地が所狭しと並んでいるのが見える。家の表と裏の両側から光が入るが、誰も部屋のなかを覗くことはできない。そのせいで部屋はまるで街の上を漂っているような感じがする。これは彼のツリーハウス、マストの見張り座だ。ここにいると心地よく、しがらみから解放される。ここにいれば自由だ。関心から解放され、他人とのつきあいがもたらす騒々しさから逃れることができる。彼の目は本が並んだ本棚を眺め渡す。どの本とも個人的な関係性があり、彼にとってなにがしかの意味をもつ本ばかりだ。あそこにあるオレンジ色の背表紙の細い本、すばらしい本だ。離婚した年に読んだものだ。リディアはその本が好きではなかった。それが離婚の決め手だったかもしれない。あの本のすばらしさがわからないのは、ろくでもない奴、それだけのこと。

彼は足を床につける。彼の考えは本棚から、自らの人生の先端に向かう。ここまで来ればあとは速い。情報は固まり、形を成し、しだいに十分な実体を得る。もう立ち上がることができる。そして彼は生気に駆り立てられ、自分の前で小躍りする子どものように自由な土曜日にほほ笑んで、立ち上がる。

*

ヘンクは思慮深い男だ。それはよい資質なので、素早く、エレガントに、鋭く反応できないことは、自分に容認している。それでも昨夜のサスキアとの会話のように、その資質が災いすることもある。彼女が一方的に話し、彼は聴く側にまわっていた。何度か、ニュアンスをやわらげたり、反論したりしようとしたが、彼女はそもそも彼の言葉など聴いてもいないようだった。彼女の確信が彼の気に障った。彼は、自分の意見に疑いをもたない人間が嫌いなのだ。相手が若者であれば、なおさらだ。若者が自分の観点には限界があることを理解していれば、それはその人の魅力になる。

たしかに彼女は確信をもっていたが、発言自体、まちがっていただろうか？　もし彼に気の利いた返答をする才能が備わっていたら、なんと言っていただろう？　きっとこんなふうだったはずだ。もちろん、心臓はポンプだよ、サスキア。でも体のほとんどの部位がそうであるように、それ以上のものでもある。我々が感じること、考えることを表すのにも体を使うじゃないか。誰かの〈鼻をつかむ〉といえば〈からかう〉ことだし、〈背中のうしろにある〉といえば〈終わった〉こと、〈指が痒い〉のはなにかがしたくてたまらないことを意味する。恋をしたら、我々は〈胸が膨らむ〉のを感じて、〈心臓が溢れる〉という。言葉は自然と体から湧き起こる——それがまさにぼくの言わんとするところなんだよ。不思議に思うのは、きみはいったいなにが気に食わないのか、ということだ。体はメタファーに使われるべきではない、と思っているのか？　〈無意味な感傷〉とはなんのことを言っているのか？　正直言って、きみはわかっていないと思う。きみにはわからないんだ。きみのその確信に満ちた態度と言葉の洪水、同じフレーズの繰り返し、ぼくの答えを無視する方法――そこから感じられるのは説得力ではなく、軽率な若さだ。きみが言ったことは、ただ単にこの仕事に付きものの緊張を放出しているにすぎない。

二十八だから、そんなに若くもありません。

若さはかならずしも年齢の問題ではないんだよ、サスキア。ぼくがきみを若いと思うのは、熟考する能力を欠いているからだ。きみは感情を実際に理解する前に表してしまう。自分で考えられる適当な意味をそこにつけて。言ってしまえばそれで終わりだ。だがそれは置いといて……。

ずいぶんな言い方ですね！

それは置いといて、サスキア、きみの発言に興味深い点があることは認めるよ。心臓はポンプの役目を果たす。それによって血液が巡る。我々は塵だ。正確に言えば、生物学的に活性化された塵だ。それは事実以外のなにものでもないとぼくは思うが、驚くほど多くの人がそれに抵抗を示している。単なる塵！　よくそんなことが言えるな！　なんと冷淡でわびしいことか！　抵抗するのは、我々は単なる塵以上の存在だと彼らが考えているからだ。我々は魂を有している。あるいは、精神、内なる神、我々を下卑た物質以上の存在たらしめる、なにか気高く特別なものを。その感情には、自分たちを特別な存在――創造の頂点、または理論的ですばらしい進化の最終地点と見なしていた時代のこだまが聴こえる。だがいままでは、それが正しくなかったことは周知の事実だ。なにかが我々をこうしようと意図したから、人間という存在になったわけではない。なにも我々を必要不可欠たらしめない。多くの人とは逆に、ぼくにはそれが魅惑的で解放的な考えに思える。我々は好きなようにすればいいんだし、現実として自由なんだ。神の計画や目的に縛られていない。つまり、きみが正しいということだ、サスキア。我々は塵なんだ——。

だからそう言ったんじゃないですか！

きみはそう言って、ぼくはそれに同意している。我々は塵と時間からできている、とボルヘスは書いている。ボルヘスって知ってる？　もちろん知らないよね。塵と時間。ぼくは、ぼくが生まれる何十億年も前から存在していて、一九六一年に幸運にもこのかたちを得た塵なんだ。ぼくの死とともにそのかたちは再び失われるだろう。それは悲しい展望だ——明らかな欠陥があるにせよ、ぼくはぼくのかたちが気に入っているから——でももしかしたらいつか、いまはぼくの名前がついている塵の一部が、他のかたちを得るかもしれない。猫とか、雲とか、あるいは小説とか、キスとか。それは下卑たことだろうか？　冷淡だったり心なかったりすることだろうか？　ぼくには逆に壮大なことに思えるんだ。壮大……崇高で魅惑的な物語——。

こんな感じかもしれないが、とにかくヘンクは気の利いた返答はしなかった。思慮深い男なのだ。じっくり考えてからでないと発言できないことが、裏目に出ることがある。昨夜、車で帰宅中に、頭のなかでサスキアとの会話を再現したが、サスキアはもうそこにはいなかった。誰もそこにはいなかった。再演はけっこう愉しかったものの、独演のわびしさを強く感じもした。高速道路Ａ９をドリーモントで下り、運河沿いを走り、左折、右折してウェースプ市に入った。石畳をまっすぐ、夏の夜空にどっしりと佇む市庁舎のほうに向かい、それから運河沿いの道へと右折した。

要するに、彼は独りぼっちだった。

＊

犬の調子がよくない。スフルクはいつもどおり彼のあとをついて歩くが、楽しんで歩いているわけではない。ときどき喘《あえ》ぎ、口の横からだらりと舌を垂れ、いくぶん非難がましく立ち止まる。

「いい子だから、おいで！」

明るい声を出そうとするが、自分で自分の不安が聴きとれる。スフルクの調子がよくない。いつものスフルクとはどこかちがい、別の犬のように見える。スフルクの側でも、彼が別人になってしまったと感じているような印象だ。彼に反応し、彼を見、彼がどこにいてなにを求めているかいつでも心得ている、という自明さが損なわれている。互いによそよそしさを感じていることが、実際の問題を浮き彫りにしている。スフルクが病気だ、ということだ。スフルクは老いても疲れてもいないし、暑くてばてているわけでもない。なにも変なものは食べていない。そうではなくて、病気なのだ。ふだんの関係から我々を追い立て、互いをよそ者にしてしまう——それが、病気が我々にもたらすものだ。我々が誰であるか、なにであるかという自明さを、病気は破壊する。親密さを損なう。彼らはそのように深淵の両縁に向きあって立ち、見つめあっている。ヘンクは麻痺するような恐怖を胸に感じて。そしてスフルクのほうは……いや、それはヘンクにはわからない。

だが彼はあきらめない。犬のやる気を引きおこさなければ。犬が住み慣れた世界に戻ってくるように仕向けるのだ。スフルクが彼だとわかるよう、自分の役をつづけなければならない。彼は主人なのだ。はずしたハーネスを振りながら、しっかりした足取りで歩く男だ。彼こそコマンドを出す男だ──「おいで！」

ヘンクはフェヒト川のほとりを小刻みに駆けだす。スフルクは走るのが好きだ。走ることは興奮をかきたてる。走ることは、悪党を捕まえること、ボールを探すこと、獲物を取りにいくことを内包するから、スフルクは喜んで彼のうしろをついてくる。吠え、興奮し、生命力に満ちあふれて。

数メートル先でヘンクは真剣に走るには暑すぎることに気づく。だがスフルクをやる気にさせなければならないので、果敢に走りつづける。ちゃんとランニング用の服を着てきた。トレーニングパンツと、かつて職員組合（PV）の福引で当てた、古くて色褪せたTシャツ（〈PVに参加しよう〉という文字入り）。スポーツシューズはもう一年以上もまっさらに近い状態で、彼の実行力の欠如を明かしている。時折り体重の継続的な増加を気にして定期的に走ろうと真摯に思うのだが（なおかつ食べる量を減らし、チーズの角切りには手を出さず、休肝日もちゃんと取るようにし、なにがあろうとコーヒーに砂糖は入れまいと）、たいてい三、四日もするとやめてしまう。楽しみが残っていなければならない、という言い訳のもとに。人生は短いのだ。そして走らなければ、人生をいっそう短いものにしてしまう——弟のフレークは兄をそう咎める。

ヘンクは走り、汗をかく。アスファルトを軽く叩く犬の足音、吠え声が聴こえるのを待つが、なにも聴こえてこない。振り返ると、スフルクがついてきていないのが見える。スフルクは道端の草の上に伏せている。ヘンクは立ち止まり、歩いてもどって犬のもとに跪《ひざまず》く。ヘンクを見つめる目には安心できる材料は見当たらない。犬のなかでなにが起きているのか、ヘンクには読みとることができない。彼は犬の頭を撫で、絹のように柔らかな耳を親指と人差し指ではさんだ。こうするのがヘンクは好きなのだ。

「スフルク……」

「喉が渇いているのかも……」

女性の声がして、ヘンクは仰天する。振り向きながら、自分が犬にかかりきりで周りがまったく見えていなかったことに気づく。女性は腰までの高さの装飾フェンスのむこうに立っている。敷石を敷いたごちゃごちゃした庭は、ハウスボートに付属している。老朽化して灰色になった床板の廃材が積み重ねられている。所狭しと並ぶ空き瓶、空き缶、鍋のなかに、あらゆる健康状態——咲き乱れているものから、枯れきったものまで——の植物が植えられている。ドアまでの小路は大部分、解体されたオートバイに塞がれている。まわりにパーツと道具が散らばっている。

女性自身も解体されたような印象だ。かつては美しかったのが見てとれる。だがそれはだいぶ前の話だ。年月は男性より女性に厳しい。いや、とヘンクは自分の意見を訂正する。男性が自分たちに対してよりも、女性に対していっそう厳しいのだ。ヘンクは自分をフェミニストだと思っていたので、その訂正を快く思った。だが、女性に対するあらゆる考えに、いちいち自信がもてないという弊害もあった。結局のところ、自分は男性なのだから。いまもそうだ。男性が女性にもたらす不当さについての考えが突然溢れだして思考が停止し、なにも言えずに立ち尽くす。女性の関心は彼ではなく犬に向けられているので、問題はない。

「ほら見て」彼女が言う。「かわいそうに……」

スフルクは前足を伸ばして、後ろ足を体の下に折りたたんで伏せているので、尻が背中より高い位置にある。スフルクは喘いでいる。舌は、まるで古くて干からびた布巾のように病的に白く見える。女性はどこかに行き、しばらくすると水のはいったボウルをもって戻ってくる。フェンスを開けて道を渡ると、犬のまえにボウルを置く。スフルクは興味を示さず、ヘンクのほうを見る。ヘンクはボウルをスフルクのほうに近づける。

「ほら……」

今度はちょっと舐める。はじめは義務的な感じだが、それから精力的に飲みはじめ、しまいには起き上がる。突如として、尻尾《しっぽ》が七月の暑さを熱心に振りはらう。

「いいぞ、その調子だ……」

女性も犬の脇に跪いたので、ヘンクは突然、知らない女性とフェヒト川のほとりに座っていることになる。これは厄介だ、と彼は感じる。互いのあいだの距離も、彼の好みに反して近すぎで――彼女の熱を感じ、体臭を嗅いだ――緊張感が生じる。立ち上がりたい衝動に駆られるが、そんなことをすれば礼儀知らずだと思われてしまうから、立ち上がりはしない。まずはなにがしかの言葉が交わされなければならない。彼は水を飲む犬の頭を撫でながら言う。

「たしかに、喉が渇いてたようですね。ありがとう」

「ほんとうに信じられない暑さだから……」

「一八九七年以来、もっとも暑い七月だそうですね」

「そう、環境問題よね」

これでようやく、礼儀にかなって立ち上がることができる。犬はまだ水を飲みつづけている。犬にちゃんと飲ませていなかっただけ――ほんとうにそんな単純なことなのか、とヘンクは考える。できればそう信じたいところだが、昨夜からの行動に感じた不安は完全に消え去ることはない。それでも彼はほっとしている。フェヒト川から少し腐ったような臭いがしたが、不快ではない。向こうの路上では、午後にはすべてを麻痺させることになる熱気で陽炎《かげろう》が立っている。気をつけないと……。

ちょっと待った。彼はこの女性のことを魅力的だと感じている。さっき立ち上がったのは距離が近すぎたからではなく、彼女が彼を刺激したからだ。彼は仰天している。こんなふうに突如、女性に欲情するのは記憶にないほど昔のことだったので、それが欲情だとはすぐには気づかなかったのだ。陰嚢の下部の動き、せっかちに――ちょうどスフルクがえさの時間にするように――存在を誇示する性器に。ヘンクは彼女の頭のてっぺんの、白髪より濃い色の頭皮を見下ろす。青いワンピースの首元はうしろで開いていて、背中が見える。ブラジャーをしていないのがわかり、性器のせっかちさが加速し、緊急性が生じるのを感じる。女性を草に押し倒す緊急性、そして服を脱がし、そして……いや、そんなことは断じてできない。驚いた彼は一歩後退し、道に踏みだす。つぎの瞬間、ロードバイクが彼をかすめて走り抜けた。彼は熱い風を感じ、甘い香り――マッサージオイルかもしれない――を嗅ぐ。タイヤがアスファルトにこすれる音も聞こえる。ほぼ衝突しかけて、乗り手がバランスを崩す。男は――それが男であるのをヘンクは見る――反射的に九十度回り、道の中央に向く。バランスを失ってぐらついたが、奇跡的に踏みとどまり、無傷で走りつづける。それでも男は怒っている。姿勢を正すと振り返り、右手の中指をかざして見せる。故意にやったわけでも、悪意があったわけでもなく、せいぜい不器用さが引き起こしたことだったので、ヘンクは一瞬うろたえる。被害もなかったというのに、いったいあの男はなにに怒っているのか。なんという愚かな行為。なんだ、あのクソ野郎。すると、彼の手も挙がる。中指をたてて。テストステロンの毒も手伝い、男ならではの素早い反応で。

＊

家のなかは妙にしずかで取り残されたように感じられる。外の圧倒的な光のあとには薄暗く見える。ヘンクはまるで自分が侵入者のように、家に歓迎されていないと感じる。おそらくそれが普段どおりでない行動を取る理由なのだろう。彼は冷蔵庫を勢いよく開ける。取り出したカルネメルク（甘味のないヨーグルトドリンク）の紙パックの注ぎ口をはがそうとして、力を入れすぎ破ってしまう。飲み終えたグラスを調理台に乱暴に置く。一気飲みのせいでまだ喘いでいると、不快な記憶がよみがえってくる。ぜったいに思い出したくないことだが思い出すのは避けられないので、なるべく早く忘れるのがいちばんだ。五年ほど前にも今日のような暑い日に、ここではなくアムステルダムだったが、こんなふうに帰宅した。いつもとはちがう時間帯に。出勤したものの、インフルエンザのような症状が出て早退したのだ。リヴィーレン地区にある家は、いまの家のように静かで人《ひと》気《け》がなく、薄暗かった。だが数秒後には誰かがいるのがわかった。上から喘ぎ声が聴こえてきたのだ。リディアの声はすぐにわかったが、彼女がセックスをしている男の声に聞き覚えはなかった。二人の浮気現場を押さえるために階段をのぼりつつ、誰だろうと考えた。それは隣人だった。アーリー。ずんぐりした小男。市の職員だった。ヘンクは彼のことをうぬぼれ屋だと思っていた。

アーリーの尻は真っ白で、背中と太腿が毛むくじゃらなのとは対照的に、奇妙につるっとしていた。筋肉は乏しく、彼らのピストン運動は頼りなげだった。それでもリディアは大げさな声をあげていた。喘ぎ、呻き、両足をなるべく高く揚げ、同時に白い尻の下で骨盤をくねらせた。打ちのめされたヘンクは彼らを止めず、行為が終わるまでキッチンテーブルで待った。記憶をある程度、堪えうるものにするのは、服を整えながら下におりてくる途中でヘンクを見つけたときのアーリーの顔だ。その表情は一瞬にして、一つにまとまることのないあらゆる衝撃に捕らえられた。アーリーのような男が浮気の情事のあとに感じる優越感、見つかってしまったという不快な認識、これが引き起こしうることの素早い見積もり（ヘンクとの殴り合い、妻との口論）、この状況に陥れられたことへの苛立ち等々。いまでもヘンクは、結果としてあらわれた表情をうまく表現できなかった。〈混乱した〉では、かすかな恥じらいを欠いている。〈気まずい〉。〈言葉を失って〉。〈こそこそした〉かもしれない。いずれにせよ、数秒後におりてきたリディアの表情はもっとわかりやすかった。彼女は憤慨していた。

「なんでいるの？」

「気分が悪くなったから。インフルエンザ」

「突然？」

「ああ」

「電話できなかったの？」

まあ、このとおりではなかったにせよ、彼女のリアクションのトーンはこれで合っている。彼女がこんな厄介な状況に陥ったのは、彼の責任だ。それでも、その瞬間にはまだ結婚生活が破綻したようには思えなかった。浮気は浮気、愚かなことではあるが理解できないものではない。我々はしょせん塵にすぎないのだ。あらゆることを考慮すると、浮気は結婚生活が破綻する理由ではない。ヘンクも、一度も浮気をしたことがないわけではなかった。リディアはおそらくそれを知っていて、彼とおなじ考えだったので無言で許し、自分も浮気をしたのだろう――ヘンクはそう推測していた。いま振り返ってみると、彼女とアーリーの浮気現場を見た瞬間が、やはり限界点であったことがわかる。彼はけっして彼女のことを許さなかった。見たまえ、彼はいまでも怒っているのだ。だからまったく子どものような態度を取ってしまった。自分は心の広い、許すことのできる男だと思っていた。そうでなかったことがわかって――。

この時点で彼は自分を遮る。そうだとしても、と彼は決然と思う。声に出して言うほどに決然と。「そうだとしても、とにかくいまはシャワーを浴びる時間だ」

バスルームに向かう途中、彼はスフルクのもとに跪く。しずかに、少し元気なく横たわっているが、急に悪化することはない。スフルクは彼を見上げる。濃い色の瞳の奥に広がる池のような深み、コミカルに眉を引き上げるしぐさ、彼の手の匂いを嗅いだあと、かごの縁に顔をのせるときのため息はいつもどおりだ。それらを認識できたことで、彼の心は穏やかになる。朝、別の犬のように感じたことを、いくらか埋め合わせてくれる。

シャワーを浴びたあと、彼はローザに電話をかける。呼び出し音が鳴っているとき、キッチンの時計を見ると、まだ八時前だった。ローザにはとんでもなく早すぎたが受信される。電話に出たのはフレークだ。

「これはまた早いな。誰か死んだのか？」

死んで、ヘンクがフレークに電話をかけるよう仕向けることのできる者は、もはやいない。さいごにその目的でフレークに電話をしたのは長兄のヤンが亡くなったときで、もう十八年も前のことだった。

「なんでおまえがローザの電話に出るんだ？」

「テーブルの上に置いてあったんだ。なぜかは知らない。兄貴だったから。あいつが兄貴のことをなんて登録してるか知ってる？〈ヘンなヘンキー（お人よしの意）〉だとさ」

「こっちは〈おかしなローザ〉と登録してる。昔からの冗談だよ。二人だけの」

さいごの一言は一瞬、ためらったあとに付け加える。フレークの機嫌をそこねる危険があるからだ。フレークは自分のことをオープンで理解に満ちたいまどきの父親だと思っている。彼は子どもたちとすばらしい関係にあり、なんでも話してもらっていると思っているが、いま突然、そうではなかったことに気づかされた。ヘンクはフレークの反応を待たずに言う。

「すばらしい娘の誕生日、おめでとう」

「ありがとう」

「もう十七か……」

「そうだな」

　フレークの声は沈んでいる。どうしたのか？　ふだんはすぐに会話の主導権を握るのに。機械工場の社長をしていて、いつもそうしているからだ。一日中、会議をしては、こうしろ、ああしろと指図をしている。沈んだ声の理由を、フレークが自分から話す。

「ローザの電話の写真……」その声はもはや沈んではいないが、ためらいが感じられる。「ヤンの葬式で撮った写真じゃないか？」

　それはわからないが、ヘンクはフレークがヤンの死に言及したことに心を動かされる。長兄の死は彼らを結ぶ数少ない事柄のひとつだ。葬儀が終わってからの数ヵ月、二人は定期的に会っていた。会うのはいつも互いの家ではなく、カフェかレストランだった。ヤンの死は二人——残されたきょうだいだけの事柄で、他者の同席は邪魔になりうるからだ。たいていは他愛もない話をした。ヤンの話が出るとしたら、ふとしたきっかけにすぎなかった。あのときヤンが……まだ覚えてるかな……徐々に二人の関係はいまの状態になり、精神的な結びつきも同様に弱まった。それでも、このような瞬間には、ヘンクは当時、自信に溢れ、知ったかぶりで傲慢な弟に感じた温かさをふたたび感じる。いつもの射貫《いぬ》くような視線、口もとのきつい表情ではなく、動揺し、柔らかく人間的な顔で写真を見つめるフレークの姿が頭に浮かぶ。なにかやさしい言葉をかけようと思うが、フレークに先を越される。

「兄貴、年とともにえらく太ったな」

ヘンクは目を閉じ、空いた手で頭を撫でる。それは彼の癖になっている愛情に満ちた仕草だ。丸く、均整の取れた、触るといつも温かい自分の頭が好きだ。冬でも温かいのは活発に脳がはたらいている証拠、とよく冗談で言う。撫で方を微調整することによって、驚き、恥じらい、満足など、いろんな感情を表現できる仕草でもある。いまは指を曲げて前から後ろに撫でる動きが速まって、苛立ちがうかがえる。

「まあともかく」フレークは言う。「最近はどうしてる?」

その一言で、会話はいつものパターンになる。日々の他愛のない話——暑さ、ヘンクの新しい(中古の)車、フレークのバカンス(プロヴァンスのいい貸別荘)——を数分したところで、フレークがスフルクはどうしているか訊ねる。年を取ってきた、というヘンクにフレークは「そりゃあもう……何歳になるんだ?」

「もうすぐ十四だ」

「だよな。そりゃあ年も取るはずだよ。で、勤めは? 最近、ご臨終は多いの?」

勤め。そっけない訊き方。いつもと同じ冗談。冗談といっても、フレークはひどく死を怖れている感じがする。ふざけた調子が強がっているのを明かしている。フレークは、ヘンクが昨夜想像上のサスキアに示した、人が単なる塵で最終的に見覚えのあるものはなにも残らない、という考えを厭《いと》うタイプの人間の典型的な見本だ。フレークが自分から死を話題にしたのだから、ヘンクにはからかってやることもできる。統計を持ち出して、発病率と有病率の話をしてもいい。集中治療室でのエピソードも。〈まあな、死んじまったらそれで終わりだよ、すっと消えてなくなるだけさ〉的なことを言ってやっても。それを聞くとフレークがナーバスになり、すぐにいつもの主張をもちだすのがわかっている。誰も、死後の人生について賢明な主張はできない。誰も知ることができないのだから。そうだね、とヘンクは言うだろう。誰も知ることはできない。死とは、知ることのできるものがもはや存在しない、ということなのだから。当然さ！　だが二秒ほど考えたあと、からかうのはやめにする。体重のことを言われても、まだ弟に対するやさしい気持ちがあるからだ。それゆえ彼はいつもどおりの会話をえらぶ。弟が標準的な冗談を言ったのだから、今度は彼が標準的に返す番だ。

「毎週きっちり二・三人だ」

「それはなにより」フレークは朗らかに言う。朗らかさは彼ら兄弟の儀式的会話の一部であるだけでなく、結果でもある。フレークは笑いさえもする。短く乾いた、すぐに消える声音で。それから彼は商売の話をはじめる。これもまたそっけなく商売であって、〈工場〉や〈俺の仕事〉とはけっして言わない。商売は個人の利害を超える。商売は単なる塵ではない。フレークはヘンクに街の西部にある醜い建物を案内して見せたことがある。大きなホールで、黄色い防音イヤーマフ、会社のロゴマーク入りのベージュのオーバーオールといういでたちの冷静な作業員たちが、ドンドン、シューシュー音をたてる機械を作動させていた。ヘンクが弟の商売の冒険談（新しいプレス機や中国への出張〉を聞き流していると、フレークが突然、話題を変える。

「いいこと思いついた。今夜、バーベキューをするんだ。ローザのために。少人数で。友だちやご近所さん数人と学校の仲間で。兄貴も来なよ。直接、お祝いが言えるから。五時くらいでどう？」

短く切れた言葉が迷いを示している。燃え上がる兄弟愛の炎、または寛大さを見せる誘惑に身を任せたものの、言ったそばから後悔していることが切れぎれの言葉によって明らかだ。ヘンクにはその理由もわかっている。フレークはヘンクがその集団にそぐわないことを怖れているのだ。それには一理あった。ヘンクが馴染めない可能性は高い。彼は引退したパイロットとその三番目の妻、数人の同僚たち、フレークと妻がなんらかの理由で親しくつきあっている陶芸家の女性をぼんやりと思い出す。〈学校の仲間〉と聞くと、なにも知らないがそのことに気づいておらず、なんでも与えてもらうのを当たり前に思っている輝かしい若者たちが思い浮かぶ。招待を受ける気はさらさらないが、それは問題ではない。フレークはすでに後悔しているのだから、ヘンクが断る十分な余地を与えるはずだ。

「今夜？　もう予定が入ってるんだ……」

「でもこっちの予定のほうがいいだろう？」

「ああ。いやでも、スフルクをひとりぼっちにするのは気が進まないから……」

「いいじゃないか。そこまで差し迫ってはいないんだし。ローザが喜ぶからさ。兄貴のことが大好きなの、知ってるだろう？」

ヘンクはふたたび頭を撫でる。フレークは、ヘンクに来る気がないということだけでなく、来ないで済むよう話を合わせてくれるはずだと見積もっていることもお見通しなのだ。だがフレークは話を合わせようとしない。兄を摑んでもがかせるのが面白いからだ。さいごには離すつもりだろうか？

「プレゼントもないしなあ……」

「まだ買いにいく時間はたっぷりあるよ。ふつうに〈行く〉って言えよ。電話を切れるように」

彼は行くと言って、電話を切る。兄弟が電話線の両側で数秒、身じろぎもせず考えに耽っている様子は容易《たやす》く想像できる。いったいなにが起こったのか、相手はなんと言い、それがなにを意味していたのか、という疑問でいっぱいになって。いつもどおり会話の途中で〈無理解〉と〈疎遠〉の深い溝が生じたからだ。起源を思い出せない、あるいは一度も知らなかった〈反応〉を糧として。年月とともに増し、もはや動きがなくなるほど石灰化した〈不信感〉を糧として。いや、いや、ほとんど動きがなくなった、だ。その身じろぎしない沈黙の数秒に勝った感情は、苛立ちや嫌悪感でも、憎しみですらなく、漠然とした悲しみ、後悔、自己非難であったとも想像できるからだ。なぜ自分たちはここまで関係をこじらせてしまったのか？　こうならざるを得なかったのだろうか？　少なくとも、ヘンクはそんな気持ちになっている。悲しみ、後悔、漠然とした罪悪感……そのため、数秒よりはずっと長く、身じろぎもせず考えに耽り、立ち尽くしている。まるでリハビリ患者が歩行練習をはじめるように、ゆっくりと慎重に動くのは、数分経ってからだ。

＊

九時を過ぎると、町はすでに強いきらめきの陽光に麻痺している。道を歩く人はほとんどいない。たったいま大災害が起こり、まだここには至っていないが、次の瞬間には見舞われる、ということもありうる――ヘンクはそう考えてみる。次の瞬間には、たとえば核爆発の衝撃波が、町を一掃してしまうかも、と。家々は蒸発するだろう。ヘンクも。家でかごのなかで眠るスフルクも蒸発するのだ。日陰になった側へと道を渡りながら、ヘンクはその災害の規模を想像してみる。二次災害も起きるだろう。我々が生き残れずに、文明が消え去る可能性もあるはずだ。大部分の動植物も死に絶えるだろうが、すべてではない。何十億年もの自然淘汰で強くなり、不滅となった名のない生命が、どこかの隅や割れ目に生き残るだろうから。地球は自転しつづけ、あり余る時間を有しているから、ひとつの災害に慄《おのの》くことはないだろう。やがて回復し、元に戻るのではなく新たな形態を得て存続するだろう。生き残った生命から新たな種――もっとも美しくもっともすばらしい種が進化するだろう。運がよければ想像力、そしてそれによって芸術、科学、そしてヘンクの好きな「ナショナル・ジオグラフィック」も進化を遂げるだろう。何千年を何秒と数える辛抱強さをもってすれば、すべては可能なのだから。すべてが流れている——チーズ屋の涼しい店内に入りながら、ヘンクは考える。そして、すべてはすべてに内包されているのだ、と。それゆえ、いまただちに憂慮する必要はない。

店内は外よりも混んでいる。三人の女性がショーケースの前に立つ。ショーケースはいつもおり魅惑的な品揃えをアピールしている。ヘンクはそれによって励まされているように感じる。官能的な陳列は深く、ほぼ無限の享楽を暗に示すのみならず、安全であるという感覚を彼にあたえる。この豊かさ、この力強い繁栄よ。彼はチーズを眺め渡して深いため息をつく。

「いらっしゃい。なににしましょうか?」

男性の店員は丸顔とそれに合った乳白色の肌をしていて、けっして損なわれない上機嫌な表情もよく合っている。質問とともに顎がわずかに上を向いたが、そのしぐさは繊細で、強いるような感じはない。せいぜい客への軽い励ましのようだ。励ましはヘンクには無用。まずは熟成の浅いヨング・ベレーヘンを一切れ。それからパルメザンチーズ、ロッシュバロン、カンタルも一切れずつ。カンタルは予定していなかったのに、ヘンクへの事前の相談なしに勝手にリストに加わる。

「ほかはいかがですか?」

チーズディップを一箱、とヘンクは言う。

「少なめで」驚いてあわてて付け足すが、店員には聞こえないようだ。チーズディップを縁まで入れた箱を持ち上げ、店員は言う。

「これでよろしいですか？」

頷いたヘンクは自分を恥じる。衝動買いは自制心のなさを露呈する。ヘンクがほんとうは何者であるか——食い意地の張ったただらしない人間だ、と示している。フレークの言うとおりだ。ここ数年、ヘンクは太りつづけた。少しずつ、年に五百グラム程度かもしれないが、それでも十分、顔は膨らみ、腹は突き出し、肉付きのよい胸は階段を小走りするとゆらゆら揺れ、フレークに〈男のおっぱい〉とからかわれる。肥満はヘンクにとって健康や美的な問題ではなく（年とともに鏡を避けるようになってはいたものの……虚栄心がないわけではない）、第一に道義的な問題だ。性格の弱さ、堅固さを欠いていることが問題なのだ。こうありたい自分への恥ずべき裏切りだ。それゆえ、ヘンクが感じるのは苛立ちや心配ではなく、恥じらいだ。それはいまチーズ屋で、量の多すぎるチーズディップを受け入れてしまったあと、彼の行動に影響を与える。

彼は目を伏せる。支払いを済ませるとカウンターからチーズの入った袋をさっと取り、急いで後ろを向く。屈辱の舞台を一瞬でも早く離れたかったが、それは叶わない。彼は自分のあとに入ってきた男にぶつかる。もごもご詫びて出ていこうとしたが、ぶつかったのが階下の隣人であることをそのさなかに知覚し、突然、歩みを止める。反射的な礼儀正しさに荒々しく引き戻されるように。隣人はいつもどおり、粗野なあばた面に陰気な表情をたたえている。頬には紫色の血管が浮き出ているのに、顔色はくすんでいる。力のない青い目で、ヘンクを見るともなく見ている。まるでどこかの岩の上で獲物を待つ爬虫類のように。ヘンクは半歩退く。なにも言わないわけにはいかず、彼はこう言う。

「ご近所さん……」

名前が出てこない！〈ご近所さん〉と言ったのはその場しのぎだ。男が不動で自分を見つめつづけるなか（いまにも口が開いてベタベタの舌が外に飛び出しそうに見える）、ヘンクは必死に記憶を探る。姓はたしか〈G《フ》〉の音からはじまるはず。ファン・ヘルウェン？ ヘルブランディ？ フルーネフェルト？ 下の名は元から知らない。ヘンクが引っ越しの直後に挨拶をしようと呼び鈴を押したとき、男は姓だけを名乗ったのだ。鋭い、輝くような音だった。二音節だろう。フラフダイク、フラーフスマ、ヘリッツ？ あのときもいまのように不動で見つめていた。階下の家の玄関からは、喜びの感じられない食事、こびりついた埃、何十年も動かしていない家具、死んでしまったペット、ゆるぎない習慣、もはや突き動かすもののない生活の匂いが漂い出てきた。真昼間なのに、家のなかは暗い印象だった。その暗闇のどこかに妻がいるはずだった。単調な、哀歌のような女性の声をヘンクは耳にしたからだ。まるで〈子どもたちはどこ？ 子どもたちはどこに行ったの？〉とでも言うような声。妻は姿を見せなかった。いまだに見たことはなかったが、がん患者であることは知っている。はじめて会ったときではなく、のちに夫が話したからだ。全身に転移しているとドクターが言っていた、と。妻はまだ生きており、リビングにいると階下のテレビの音が筒抜けの安普請であるにもかかわらず、哀歌はそれ以後、一度も聴こえてこない。

「ご近所さん……チーズを買いに？」

「いや、卵を。パウンドケーキ用の」

「ほう」ヘンクは陽気に言う。「誰かのお誕生日ですか？」

「いや、週末にはいつもパウンドケーキを焼くんです」

ヘンクはほほ笑んで頷く。思いやり深く見えるように。

「いいですね。ぼくも大好きです」

隣人の顔に混乱の影がさし、ヘンクは悟る。お裾分けを期待されているのかと男が探っていることを。それは断じてヘンクの望むところではない。

「じゃあ、ご近所さん……」

そうだ、ハウトズワールトだった！　フレット・ハウトズワールト。隣人は当時、姓名を名乗っていたのだ。それ以外はほぼヘンクの記憶どおりだった（爬虫類の顔、住まいの陰鬱な匂い、姿は見えない妻の哀歌）。時折り隣人に会うことがある。たいていは家の前の歩道で。互いに頷きあうのが挨拶だ。たまに話をすることもある。一度、自分がＩＣＵ看護師であると明かすと、興味を示された。妻が病気でね、と彼は言った。もう三度もＩＣＵに入れられたんだ。まだ生きているのは奇跡だ、と。なんの病気か訊ねると、驚いて眉毛を上げた。当然、知っているべきだと言いたげに。がんです、と彼は言った。全身に転移しているとドクターに言われたのだ、と。

ヘンクは困難な会話をする訓練を受けたが、困難なことに変わりはない。そこに死が含まれる場合はよけいに。彼は待つことを学んだ。そのとおりに間を置くと、隣人が語りはじめた。地域看護のこと、猫のこと、南アフリカに住む娘のこと（「黒い人と結婚している」と）、アムステルダムで生まれたこと、いまでも育った通りの夢を見ること（アドミラール地区にある）。いつでも近所の子どもたちがいて、肉屋にもらった豚の膀胱でサッカーをしていたんだ。肉屋はもう死んでしまった――そこで彼は黙った。くすんだ目から溢れそうな涙を手の甲で拭い、彼は市役所のほうを指さした。明日、青空市が立つんだ、とだけ言うと、彼は後ろを向いて、ヘンクを歩道に置き去りにしたのだった。

「ハウトズワールトさん、ちょっと急いでいるのでお先に……パウンドケーキ、楽しんでくださいね」

ヘンクはほほ笑んで頷き、空いている手を一瞬、隣人の上腕に当てさえしたが、リアクションを待つことなく大股にドアのほうに向かう。ちょうど誰かが入ってきたので、礼儀正しく一歩後退しなければならない。ベビーカーを押す女性がレールの溝を越えられないので、ヘンクはベビーカーを軽く持ち上げ、助けてやる。お礼を述べる女性がまだ少女であるのを、ヘンクは見てとる。子どもの母親であるはずはない。ベビーシッターかもしれない。だが深く考える間もなく出口が空いたので、ヘンクは外に出る。ようやくこの状況から解放されたものの、この場を逃げ出したい気持ちはすぐには収まらず、彼は左――誤った方向にやみくもに歩きはじめる。反対方向だったことに気づくやいなや引き返すが、チーズ屋の前はもう通りたくない。ふたたび隣人と鉢合わせするかもしれないからだ。そこで道の反対側に渡り、さいしょの路地に入る。回り道になるが、ヘンクは本屋へ向かう正しい道に戻る。

回り道したのは幸運だった。ほぼ死に絶えた道――原発事故の被害はいまだに目に見えないが、想像してみることはできる。眩しい光と濃い影を見よ、溝に落ちたケチャップの残る破れたプラスチック容器を見よ、雑貨店〈ブロッカー〉のいくつもの小さな旗がそよとも動かず垂れ下がるさまを見よ――を歩きながら、落ち着きを取り戻すことができるから。異なる脳活動が前頭前皮質で編成替えされる。手綱が締められ、彼は指令どおりに歩調を緩め、腹式呼吸を意識し、肩の力を抜く。

*

本屋に入るころにはヘンクはほぼ落ち着きを取り戻している。本屋自体が彼の回復を促してくれる。静けさ、秩序、新刊の匂い、知識と進歩、洗練さの詰まったパラダイス。ほぼ毎週、ヘンクは蔵書を増やすためにここを訪れているが、今回の目的はちがう。ローザのプレゼントを買いにきたのだ。どの本にするかはすでに考えてあったが、まだ迷ってもいる。『少年ケース』をプレゼントしたいと思ったのは、ケースが恋をしている女の子がローザ・オーヴァーベークだから。ヘンクがこの本を読んだのがちょうどいまのローザ——フレークの娘のほう——くらいの年齢で、深い感銘を得たのだ。すべての言葉を理解し、感じることができた。さいごのページでローザはケースにキスをする。そして自らの大胆な行動に驚いて去るのだが、ケースはそのキスによってすべてが変わったことを理解する。静かな運河を越えて一人で家に向かいながら、最初は朦朧《もうろう》としているがすぐに歓喜に満ちあふれて。すれちがう人たちには誰が歩いているか、まったくわからないだろう、と彼は思う。ごくありふれた、ただの少年だと思うだろう。でも実際には……そう、すばらしいオランダの名作なのだ。

だが別の見方をすると、一九二三年に発行され、自分が一九七九年ごろに読んだ本が、考えてみれば実はよく知らない女の子に感銘を与えるものだろうか？　いや待て、〈よく知らない〉というのは正しくない。ヘンクはローザとほんものの絆をもっている。離婚後、彼女が自分を助けようとしていることを彼は感じた。なぜそうしようとしたのかはわからない。十四歳の少女たちはそうするものなのだろうか？　それとも彼女が、途方に暮れた男たちを助けたいと思う女性のカテゴリーに属するからなのか？　いずれにせよ、彼女はウェースプの新居のリフォーム中に、助けに来てくれた。作業をしながら、時折り会話が意外な方向に展開することがあった。ある日、彼女がこう訊ねた。「初体験は何歳のときだった？」

彼は仰天した。セックスについて気軽に話せない世代に属しているからだ。いまでは彼が育った時代は自由でしあわせだったと評判であるにも関わらず。

「おいローザ、なんていう質問だ……」

「答えたくなかったらいいよ。何歳だったのかなって思っただけだから」

セックスについて話すのが容易くないのは、羞恥心ではなく無力さゆえだ。習ったことがないのだ。きちんと知識を与えられたことがない。彼の知識はバランスがとれておらず、大部分は自らの乏しい体験に基づいている。それに、ローザがほんとうに彼の経験を聞きたがっているわけではなく、自分自身のセクシュアリティについて情報を求めているだけだということはわかっていた。子どものいない、まだ離婚の傷の癒えない五十代の男の得意分野とは言えないが、隣にいる十四歳の少女が正直な答えを必要としているのだ。彼は勇気をかき集めた。

「十九歳だった」彼は言った。「スローターファールト病院の神経科に勤めていたとき、同僚とセックスをした。掃除用具室で。ひどい体験だった」

なんという恥！　むき出しの天井とコンクリート打ちっぱなしの床を照らす蛍光灯、洗剤の並ぶ白い化粧板の棚のある悲しい掃除用具室。ピンクとブルーの雑巾を敷いただけの即席のベッド、水漏れの止まらない蛇口、水がいっぱいのバケツ、よどんだ水の匂い……いったいなにを思ってあんなことになったのか？　なぜ言われるままにしてしまったのだろう？　単にあのとき、そうしてしまったからだ。言われるままに。十九歳で、自分の人生の舵取りはできていなかった。人生は勝手に進んでいき、時折り彼の過ちを正すように軽く叩いた。行こう、と彼女は言って、彼の手を取ったのだ。二人は掃除用具室に入り、彼女が蛍光灯をつけ、鍵を閉めた。彼女は制服のボタンをはずした。ああ、あの恥ずかしさ……無慈悲に白い胸、青く透けて見える静脈。実用的なパンティに押さえつけられた陰毛のくすんだ色……。

なぜひどかったのか、ローザが訊ねた。

「どうするものなのか、よくわからなかったから」彼は説明した。「だから適当にやったんだ。自分が汗臭いんじゃないか、誰かに聞こえるんじゃないか、彼女が痛いんじゃないかって心配しながら……一秒も楽しめなかったし、終わったあとにはみじめで汚く、できそこないの気分だった」

ローザの動きが鈍くなり、止まってしまった。彼女は壁を見つめていた。ヘンクには彼女がなにを考えているのか見当もつかなかったが、真剣なのはわかった。そこで彼女は刷毛をペンキにつけて、再び塗りはじめた。

「わたしももう初体験したんだ」彼女は言った。

なるほど、そういうことだったのか。冷めているように聞こえるけれど、前置きはすべてこの一文のためだったことを、ヘンクは理解した。彼女の体の細胞を一つ残さず捉え、あらゆる神経をひりつかせ、あらゆる筋肉を活気づけ、呼吸をさせる、〈初体験〉という壮大な事実。彼にはわかっていた。口に出して言うことができなければ、彼女は張り裂けていただろう。彼女がその短い一文で描写したのは〈通過儀礼〉——子どもを大人へと変える、逆行できない行為だ。大人！　まだ十四歳だというのに！　今度はヘンクの動作が鈍くなり、止まる番だった。

「けっこうよかったの……」

彼は壁を見つめていたが、それでも彼女がちらりと彼の様子をうかがうのは見えた。いまなにか言わなければ。ちゃんと聞こえてわかったことを知らせなければ。だがまだなお言葉が見つからなかった。十四歳、と彼は思った。十四歳とは。

「パパには言わないでね！」突然、きっぱりと彼女が言った。

あたりまえだ！　フレークに言うなんて言語道断。兄弟の関係性はヘンクの離婚後、新たにどん底を迎えた。弟は容赦なかった。ちょっとくらいの浮気がなんだっていうんだ⁉　いまどき完璧に忠実な男だっていないだろう？　離婚が財政的に不利だとちゃんと考えてみたのか⁉　心配ご無用、彼がローザのことをフレークに話すなどありえなかった。彼と弟のあいだに広がる荒野には、そのような親密さを隠しもつ丘はどこにもなかった。

「もちろん言わないよ」彼は言った。「おれはヘンなヘンキーじゃないぞ」

ローザがクスッと笑った。

「あたしのボーイフレンドはあたしのこと、おかしなローザって呼ぶんだよ」

「自分とセックスしたから？」

「ちがうよ、その前から。あたしはちょっと変わっててワイルドなんだって。ときどき自分でもちょっと変わってる気がするし……」

自分についてそんなふうに、自立していて、個性があって、本物のワイルドな女の子のように語るのは己惚《うぬぼ》れているけれど、ヘンクは寛容だった。処女を失ったのだ。友だちのなかでいちばん早かったのかもしれない。まだふわふわ漂い、めまいを感じているのだ。彼は大人の女性のふりをする少女のとなりにいるのだ。

「おかしなローザとヘンなヘンキー、だな」

彼女が吹き出し、ヘンクもにやっと笑った。それからまた真剣な表情にもどってローザは言った。「まじめに言ってるんだからね。パパにはぜったいになにも言わないで。知ったら、完全におかしくなっちゃうから」

彼はなにも言わなかった。二人の絆は友情になった。いや、年齢の差があるのでまだ友情とまではいかないが、それでもかなり揺るぎのない結びつきだ。そこには愛情と信頼がある。ときどき彼女が電話をしてくる。たまには訪ねてきて、話をしたり散歩をしたり、食事をしたりする。最近はグラス一杯のワインも飲むようになった。それもまたフレークが知らないことだ。

＊

いずれにせよ問題は、彼女のプレゼントに『少年ケース』を買うか否か、ということだ。決めるのは後にして、彼は何冊かの本を棚から取り出してはページをめくり、また棚に戻す。新刊が積まれたテーブルのまわりを歩き、それから店の奥に置かれた革のひじ掛け椅子に腰をおろす。店内は静かで、レジの向こうに店主が座り、本を読んでいる。児童書コーナーには、枝からもいだ葡萄の柄のワンピースを着た女性が立っている。美しい女性だ。店の外をバイクが通る。そのときふと、ひじ掛け椅子に体を沈め、そのせいでおそらく自分の考えにも沈み込んだ彼は、子ども時代、父親のバイクの後ろに乗っていたときのことを思い出す。イメージは驚くほど鮮明だ。八歳か九歳ごろだ。二人は氷のように冷たい冬の景色のなかを走っている。すでに暗くなりはじめた。父の背中が冷たい風から護ってくれている。灰褐色のジャケットは冷ややかな洋服ダンスの匂いがする。凍った水路や、街灯が一本だけ立つ人気のない交差点が、道の両側をかすめていく。ようやく家に着いたときには体がバリバリに固まっていて、バイクからおりるのも一苦労だった。庭の小道を通って勝手口に向かうと、まるで誰か——神かもしれない——が脚を動かしてくれているような違和感があった。自分に好意的な誰かが、ちゃんと勝手口までたどり着けるよう助けてくれているみたいだった。

記憶というものの常で、ひとつの記憶が別の記憶を呼び起こす。ヘンクは自らの記憶に突如、強く引きずられて、しばし考えに耽る。なにげないことからなにかを思い出すことがヘンクにはよくある。記憶が、彼の人生の糸を行ったり来たりする杼《ひ》を動かす。動きは次第に速くなり、わずか数秒で一連の記憶が編みこまれる。彼の人生の物語の切れ端が突如、ごちゃごちゃしたタペストリーのように目の前に現れる。バイクで走ったことを思い出したのだから、ついでにずっとのちの夏の日のサイクリングも思い出そう、と。ワール川沿いのサイクリング。母が詩を暗唱している。「橋を見に、ボメルに行った」（オランダの詩人マルティヌス・ナイホフの詩）まるで指揮をするようにハンドルを離して両手を挙げて。「新しい橋が見えた……」それからさらにのちのこと、精神病院の閉鎖病棟の擦り切れたソファにだらりと座る長兄。薬で朦朧としている。そして、父の書斎にある灰色の自然石でできた窓台。アーネスト・ヘミングウェイの写真が置かれている。さいごに、プラウメッセンラーン通りの小さな裏庭に置かれた水道水の入った亜鉛のたらい。暑い日にはきょうだい三人で浸かり、涼むことができた。暑いとき、タッパーウェアの型にジュースを入れて母が作ってくれた氷菓子も。あっという間に色も味も吸いつくしてしまうので、脆くて透明の氷しか残らなかったが、それでも十分楽しめた。こうしてヘンクは再び、時が如何《いか》に速く過ぎ去り、その方向が如何に不変であるか、思い知らされる。光は直線的に広がると、物理学で習った。時も然り。〈光年〉という尺度はその両者が結びついたものであることは、驚くに値しない。ある種の距離は決して橋渡しできないことを瞬時に明らかにする尺度。

記憶の嵐に、ヘンクにお馴染みの感覚が待ったをかける。自分が砂のようにバラバラに崩れるような感覚だ。強烈な感覚で、まるで幻覚を見ている人のように、実際になにかが砂のようにバラバラに崩れるのを感じるのだ。不快な感覚なので、肩をせっかちに動かして、振り落とそうとする。単純な対処法はすぐに効果を表す。優柔不断だったのが行動に移行する。彼は集中し、力をふりしぼって椅子から立ち上がる。本の並ぶ棚まで歩いていくと、腕を挙げて――。

この時から二週間ほどのちに、ヘンクはまたこの感覚に襲われることになる。彼は驚き、いったいなにが起きたのか、考える。バラバラに崩れる感覚は、どこから来るのだろう？〈橋渡しできない〉という感覚、かつてはあれほど当然だった生活に二度と手が届かない、ということだろうか？　いや、とヘンクは考えるだろう。それならまだ堪えられる。ごくあたりまえで、陳腐とさえいえる感覚だからだ。糖尿病が糖尿病患者にとって自明であるがごとく。彼は別の説明を見出すだろう。その感覚は、記憶の嵐が当てずっぽうであることから生じるのだ、と。彼の記憶は物語をなさない。エレガントなゴブラン織りのタペストリーではなく、時系列も一貫性も如何なる秩序も気にしない〈記憶〉が緩く編んだパッチワークキルトなのだ。そのぞんざいさが、自分を定期的に悩ます〈堅実さの欠如〉をヘンクに思いおこさせる。ヘンクをヘンクにとどめておくものは、とても少ないのだ。見たまえ。ヘンクは日々新しくなるにもかかわらず古くなっていく〈体〉である。ヘンクは、細かく分割されていて互いをまったく理解できない、おのおののところでなにが起こっているか知る由もない脳葉から成る脳でできている。ヘンクの気分は予想のできない潮流のようにヘンクのなかを駆け巡る。そしてヘンクの記憶は価値もなく適当に積み重なる。だから、砂のようにバラバラに崩れる感覚は偶然ではないのだ。それはとても正確に彼の不快さを示している。自分の本質――彼が軽々しく〈ぼく〉〈ヘンク〉と呼ぶもの――に対する疑い。そしてその〈ぼく〉、〈ヘンク〉についての自らの知識は冗談みたいなもので、彼が消えてしまうかもしれない沼地のようなものだ、という認識（消えてしまうのが実際には誰なのか、あるいはなんなのか定かではないが）。

本屋で戦慄に見舞われたのも偶然ではない、とヘンクは気づく。長いあいだ、自分に確固としたものが欠けているのは読書欲のせいだと思っていた。読書によって他人の考えおよび感情の世界に入り込むと、エンパシーは豊かになるが、自らの個性は稀薄になる――そう彼は捉えていた。誰かといっしょにいると個性を失うように。一冊読むごとに自分のなにかを失う。彼の〈ヘンク性〉は読書欲の祭壇の上でハムレット性やラスコーリニコフ性、ブルーム性（『ユリシーズ』の主人公）に捧げられる。吸収した言葉はすべて傷となり、ヘンクが自分の体のどこを切ったか、露呈する。それでも読まずにはいられない。子ども時代に読むことを覚えて以来、数えきれない魅惑的な時間を読書をして過ごしてきた。のちに「また〈本をもって片隅へ〉（トマス・ア・ケンピスの言葉）だね」と両親に咎められたほど、読んで読んで読みつづけた。ビグルスやボブ・エヴァースの冒険もの、イーニッド・ブライトンの『おちゃめなふたご』や『ピティ、寄宿学校へ』。『ドナルドダック』の漫画。聖書も、詩篇も読んだ。祖母にもらった『子ども百科事典』も。読みながら、想像の不思議さを知った。新たな世界に踏み入る力。自らの土手を越えて、新たな土地に流れ出す――ちょうどオランダの河川が雨の多い春にそうするように。いったん本の想像の世界に夢中になると、世界の如何なる力をもってしても、彼を本から引き離すことはできない。青年期になると、読書が性格を蝕《むしば》むのでは、と心配にもなった。読者として、矛盾する衝動、すなわち本に対する愛と嫌悪、願望と不安、親密さと疎遠さの混じった居心地悪さ——まさに結婚と同じだ——に晒《さら》されたときにさえ、繰り返し本を手に取り、読まずにはいられなかった。

その結果、彼の読書人生は時として次のような光景を見せる。本を読み終える。本棚の前に立ち、新しい本を選ぼうとする。目が背表紙を舐《な》めるように見る。ある種の歓びが湧き起こる。それはチーズ屋に並ぶあれほど多くのチーズを見たときに感じた歓びにひどく似ている。あの豊富さ！ ここまで豊富であることがもたらす安堵感！ 本の列を見ながら彼は分類する。既読、未読だが読みたくない、分厚すぎ、薄すぎ、いまは英語の気分じゃない、やはりナボコフを一度読んでみるか、いややめておこう、といったふうに。だがそこで突然、顔が憤怒に歪む。こぶしが握られ、彼はまるでボクサーのように本の前に立ち尽くす。考えるという行為をしたならば、こう考えていることだろう。ああ、なんという忌まわしい習慣だ！ 読書っていうやつは。なんという時間の無駄だ。すべての見せかけの人生に時間を割くなんて！ そうだ、見せかけの人生だ。椅子に座って、架空の登場人物の経験を自分のものにするなんて。なんとみすぼらしいこと！ なんたる現実逃避！ 自らの個性の破壊にもほどがある！ そんな瞬間に彼を目撃する者がいたならば、唖然とするにちがいない。気分の変化があまりにも唐突、あまりにも激しく、かつあまりに短いからだ。怒りと嫌悪の発作はけっして長くつづくことはない。願望のほうが勝る。すぐに彼の目は読みたい本を捉える。読みたくてたまらない本。いままでずっと読もうと思っていたが、ただ機会がなかっただけ。いまこそその時が訪れたのだ。

最近ではもはやこのような場面は訪れない。年月とともに〈堅実さの欠如〉は彼個人の特性ではなく、一般的なものであることがわかったからだ。彼に該当することは誰にでも該当することであって、読書とはなんの関係もない。我々は皆、幻影、物語で覆われた塵なのだ。そのことが我々を自らが望む以上に軽やかな存在にするのだが、自らの望みは問題ではない。この理解によってヘンクの不快さはほぼおさまり、バラバラに崩れる感覚は以前ほど頻繁に起こらなくなった。本屋で起こったように、突然襲われることはまだあるにしても。

こうしてヘンクは、本屋でのこの一瞬を振り返り、自分についてのある事柄を学ぶ。バイクの音、記憶の嵐、バラバラに崩れる感覚……彼はかつての不快さを見たが、もっとだいじなことは、肩を揺する動きだけですぐさまそれを振り落とす自分をも見たことなのだ。それから、なにによりどころを見つけるかも見た。すなわち本棚に。彼は立ち上がり、ある棚の前まで歩いていって、手を上に挙げる。わずかなためらいもなく。ローザにどの本をあげたいか、はっきりとわかったからだ。

あそこの、あの本だ。

*

家に戻る途中、ヘンクは思いつく。フレークと妻のユリアにもなにかもっていかねばなるまい、と。彼はUターンして酒類販売店へ向かう。濃い目の赤のメドック一本で三十ユーロ以上もする。馬鹿げた値段だが、ワイン通のフレークにあざ笑われるのは嫌だ。財布を取り出すと、シェリーの棚が目に留まる。ヘンクはかつての同僚で、友人でもあり、ウェースプのナーシングホームで暮らすマーイケのことを考えずにはいられない。定期的に彼女を訪ねる際、かならずシェリーを一本もっていく。たいてい彼女はすぐに栓を開ける。彼は数秒迷って（スフルクをあまり長くひとりにしたくなかったし、暑さはチーズに悪い）シェリーを買い、市街地を少しはずれたところにあるナーシングホームに向かう。暑さにもかかわらず、彼は速足で歩く。ビニールバッグが時折り太腿に当たるが、ほとんど気づかない。マーイケのことで頭がいっぱいになっている。〈マーイケ〉というのは正しい表現ではないかもしれない。〈マーイケの名残り〉のほうがいい。小柄だが力強かったかつての彼女はすっかり衰えて、鳥のような人になってしまった。各部位はもはや統一のとれた動きをせず、おのおの個別に動いているようだ。体の衰退とともに彼女の精神も、損なわれた記憶と残った知識、半分しか覚えていない技能を棒にした、棒くずしゲーム《ミカド》のようなものになってしまった。本人が苦痛に思っているわけではないけれど。朝は八時ごろから歩行器で歩き回り、あちこちで立ち話をしては高笑い、忍び笑いをしている。十時ごろになるとバーに陣取り、まずはコーヒーを一杯飲むが、その後はすぐに最初のシェリーに移る。今日もそんなふうで、ヘンクがバーに入っていったのはまさにその瞬間だ。

「あら、いらっしゃい、ヘンク！」

今日は彼のことを覚えている。毎回そうであるわけではない。彼が誰なのかまったくわからない日もある。べつに問題はない。もはや覚えていないことはでっち上げればいいから。ヘンクはこれまでに彼女の息子やかつての隣人ばかりか、亡くなった夫と思われたことさえあった。夫が亡くなっていることと、ヘンクが自分の前でぴんぴんしていることとは矛盾していないようだ。ヘンクが何者か、時には単純にでっち上げる。医者、有名なピアニスト、文房具セールスマンのヤンセン氏。鉛筆、消しゴム、学習ノートを注文したそうだ。わたしがとてもきれいな字を書けるってご存じでしたか？　と訊く彼女に合わせて、ヤンセン氏になりきったヘンクは頷いた。実際、マーイケの筆跡は驚くほど美しい。

「こんにちは、愛しのヘンク……」

彼はマーイケのひたいにキスをする。唇に押されて、鳥のような頭がいっしょに動く。彼女はプラチナブロンドの巻き毛のかつらを——そう、鳥の巣のように——頭のてっぺんに被り、いつもどおり入り口付近のテーブル席に座っている。すべてを見張るにはここがベストポジションなのだ。ヘンクは座り、彼女の手を取る。

「元気だった？」

「元気だったわよ」マーイケが朗らかに言う。「ほんとよ。元気満々。元気以外のなにものでもない。あ、ちがった。今朝、どんなことが起きたと思う？　もちろんわからないわよね。まあ、いいわ。ちょうど戻ってきたらね――」

彼女は時折りシェリーを口にしながら喋りつづける。会話は――マーイケがほぼ途切れなく一人で喋っているのを会話と呼べるならば――あちこちに飛んだ。小さな女性は自らの損なわれた脳の潮の満ち引きにぷかぷかと浮かんでいる。時には巧みなアドリブで乗り切る。シェリーを注文したのをすっかり忘れ、目の前に新たなグラスが置かれて驚いたのも束の間、すぐに説明を思いつく。ヘンクのほうに屈《かが》みながらこうささやく。あの人、わたしに気があるのよ。よくシェリーをおごってくれるの。グラスを手に、バーテンダー――ボランティアなのだろう、とヘンクは思った。七十前後の、日焼けした肌に白髪の男性――に輝く笑顔を向けて乾杯のしぐさをする。バーテンダーは礼儀正しく頷く。

「そうだ、おみやげがあったんだ」

ヘンクはシェリーのボトルをテーブルに置く。マーイケはヘンクのこともボトルも無視している。皺だらけの手をヘンクの前腕に置いて、顔を近づける。

「最近、性欲がすごいのよ」彼女がささやく。

「そう」ヘンクは言う。「なんでだろう？」

「わからないわ。魅力的な男性なんてここにはほとんどいないし、頭がおかしな人ばっかりだしね。みーんなヘン！」

手でひたいをいじるので、かつらが頭の上でいっしょに動く。

「内側から湧き起こるんだと思うの。自然とね。自分を燃え立たせるのよ！　炎のごとく！」

彼女はヘンクを見つめ、人差し指で自分の鼻の先を軽く叩く。ヘンクはにやっとする。マーイケは年月とともに少しずつ消えてしまった。以前の穏やかな声も、歩き方も、カップの持ち方も、見たり考えたりする仕草も、笑い方も。でも人差し指で鼻先を触るこの仕草は変わっていない。あなたならわたしの言わんとするところがわかるでしょう、と親密さを表すしぐさ。

「でも、どうすりゃいいのか……」彼女がつづける。「まあ、もちろん……わかるでしょ？　自分でうっぷんを晴らすこともできる。ずっとうっぷん晴らししてるのよ！　一日に三度も四度も！　わたしさあ……」

突然、シェリーのボトルが目に入り、そこで言葉が止まってしまう。目が大きく見開かれる。それからあたりを見回し、カウンターを布巾で拭くバーテンダーのほうを見る。彼女はほほ笑み、グラスを持ち上げて叫ぶ。「ありがとうね！　乾杯！」

男は顔を上げて頷き、拭きつづける。マーイケは栓を開けて自分のグラスに注ぎ足し、一口飲む。

今朝なにがあったか話しはじめたが、潮が彼女を突然、外海に流していく。ヘンクはもはや彼女の話についていけない。彼女の言葉はバラバラに砕ける。

「ひどかったのよ……あんなことがあるなんて……わたしがふつうに歩いてたときに……そうよ、歩いてて！　……それで植木が、まあそれは……でも滑稽《こっけい》っちゃ滑稽よね……そしたら突然、あの人がいなくなってさ……あの男が！　あいつよ！　言ったでしょ？」

しばらくたわごとがつづく。ヘンクはまるで寒気のように悲しみが生じるのを感じる。それが訪問の代償だ。彼はほほ笑み、頷き、彼女の手を握っているが、それは芝居にすぎない。マーイケのとなりの頑丈な体の奥には、ソファに突っ伏して悲しみに泣き叫ぶもう一人のヘンクがいる。

「昔とまったく同じね、ヘンキーボーイ、覚えてる？　ひどかったわねえ。でもずいぶんいっしょに笑い飛ばしたわよね。あはははって。植物もつられて踊ってたし……みんなでさ。スミレも！　ゼラニウムも！　しっちゃかめっちゃか！　みんなそろって！」

彼女は口角に泡を立てながら笑いに震える。ヘンクは乾いた木片のように見えるやせ衰えた手を撫でる。彼女の立つ深淵の縁から救い出して、自らの胸、男のおっぱいに抱き寄せたい。混乱と愚劣、衝動と思いつきは彼女をはがいじめにし、まるで野良犬をいじめる若者の集団のようなしつこくて軽率な残忍さでいじめているようだ。

「ぐっしょり濡れてることがあるの。でも誰にも言わないでよ。特にザハリアスには……ザハリアスのおっさん、ヘンなやつ」

彼女はヘンクの十八歳年上だ。三年前にはまだ、知り合った当時、ＩＣＵでナース長をしていた潑溂としたエネルギー溢れる女性のままだった。もちろん年を取ってはいたが、昔と変わらないバイタリティに満ち溢れていた。定年退職後もヘンクはよくマウデンにある彼女のアパートを訪ねていた。実はね、アルツハイマーになっちゃったの、とある日の訪問で彼女が言った。一年前から、彼女はナーシングホームで暮らしている。夫に先立たれ、一人息子はアメリカに住んでいるので、ヘンクが彼女の事務手続きをおこなっている。ICUでは逆で、彼女がヘンクのめんどうを見ていた。その必要があったから。図体は大きいが肝っ玉は小さいことを、彼女は見てとった。優秀な看護師ではあったが、担当する患者すべての運命を我がことのように心配しすぎだった。患者たちの話に時間を割き、助言を必要としているように感じたら助言をした。マーイケが彼に注意した。患者には職域を越えずに接するのがベストだ、と。付加価値の問題だ、と彼女は言った。あなたの付加価値は讃美歌を歌うことや手を握ることではなく、看護の領域にある。だから看護師でいなさい、と。ヘンクは耳を傾けて頷いたが、その後も自己流を通した。誰が自分から逃れられるだろう？　ヘンク・ファン・ドールンには無理だった。よって彼は盲目の作家にボルヘスの詩を読み聞かせ、パーキンソン病か不安から、あるいはその両方で体を揺らす牧師に讃美歌を歌った。孫の誕生を待つ終末期の患者の指示どおりに、赤ん坊の服をかぎ針編みで作ったこともある。マーイケはやれやれと首を振ったが、ヘンクのやりたいようにやらせた。自分の意見は示したのだから、それでいい、と思ったのだ。

「ヘンなやつ、どんなやつ、あんなやつ……」

彼女が三杯目のシェリーを飲み干したところで、ヘンクは歩こうと提案する。空気のよどんだ廊下を歩行器で脚を引きずるように歩くマーイケのあとにつづく。ところどころでおしゃべり（あるいはそれに近いもの）をして、最終的には彼女の部屋まで来る。彼女は彼のほうを向き、ズボンのボタンをはずしかける。

「ああ、すごい淫らな気分……興奮してんのよ、ヘンキーボーイ……」

ヘンクは一瞬、好きにさせ、それから彼女の両手をとって自分の腹にあてた。彼女が訊ねるように見上げる。

「マーイケ、ねえ……」

彼の声を聴いた彼女は彼が言わんとするところを理解する。濃い色の瞳に涙がこみ上げるが、彼女は彼を見つめつづけ、彼は彼女の手を握りつづける。そうして二人はしばし立ち尽くしている。過去の二人のすべての歴史とともに。彼女はほぼなにも覚えていないが、彼は覚えている。すべてを思い出せるのは彼であって、病気によって〈瞬間の鉄〉に繋がれて（後出のニーチェ著〈生に対する歴史の利害について〉に出てくる表現）身動きできない彼女ではないから。涙が乾いていく彼女の目の〈牢獄〉を見よ。涙の原因をすでに忘れてしまったのだ。数秒、彼は考える（はじめてのことではない）。忘れてしまうことと覚えていることのどちらが一層ひどいことだろうか、と。

*

以前からたまにあることだった。彼にキスをしたり、股間を摑んだり、彼の手を自分の痩せた胸にあてたりしようとするのだ。ときにはカフェやホールなど公共の場で、ときにはいまのように自室に連れこんで——脳の残骸にまだ二枚ほど〈礼儀作法〉の壁が倒れずにもちこたえている日には。ヘンクは彼女の不適切な行動になるべく温厚に対応するようにしている。彼女を傷つけたくないからだ。彼女が悲しんだり、自分を恥じたりせずに済むように。それに、マーイケの行動は実際には、一見そう思われるほど不適切ではないのだ。ヘンクとマーイケはかつてそういう関係にあったのだから。セックスはつまり彼らには未知の領域ではなかった。二人は関係をずっと前に終わりにしたが、その後もずっと漠然としてはいるもののはっきり気づく体の緊張感が、双方のあいだに存在しつづけている。いまやマーイケの側にブレーキがなくなり、かつての感情がふたたび見境なく露わになる。だから彼女は彼の局部を摑み、舌を彼の口に入れ、彼の手を自分の胸に押しつけるのだ。誤解を避けるために言うと、ヘンクのほうも、かつての性的緊張の名残りをまだ感じている。当時、離れることができなかった女性はほとんど消えてしまっているのに。時には、言い寄られて彼の性器が反応し、血が集まってくることもある。反射的であると同時に、この女性から受ける関心に対する特別な反応でもある。いやむしろ、この女性について彼が覚えていることに対する、というほうが正しい。彼らはシフト次第で週に三、四回、セックスをした。たいていはさっと急いで、ときには居心地悪く感じつつ、車の中や人気のない診察室で見つかることを怖れ、罪の意識に駆られながら。どちらも幸せな結婚生活を送っていたからだ。二人はそれを心苦しく思っていた。パートナーのことをほんとうに愛していて、他の誰かと取り替えたいとはまったく思っていなかった。それでも彼らは浮気をやめられずにいた。意志が弱かったのだ。

なにが彼らを駆り立てていたのだろう、とヘンクは考える。すでに正午近い灼熱の暑さのなか、汗をかいて家に急いでいる。時折りショッピングバッグが太腿に当たってチーズの匂いが漂ってくる。それは重たい、官能的な匂いで、おいしそうにも堪えがたいようにも感じられる。すぐにスフルクのことを考えるのではなく、まだしばらくマーイケのことを考えているのは、その匂いのせいかもしれない。なにが彼らを駆り立てたのか？　なにが彼を駆り立てたのか？　それは、マーイケがヘンクにとって〈奔放なセックス〉の夢を象徴していた、ということかもしれない。リディアとの性的関係は良かったが、限られてもいた。彼らの関係性は特定のレールにはまり、もはやそこから抜け出すことはできなさそうだった、という意味で。もちろん、彼がリディアになにかを提案してみることはできたはずだ。これはどうか、あるいはこういうのは、などと。彼女がそれに同意した、というのは考えられないことではない。だが彼は一度も試してみなかった。なぜか？　それは性的な冒険主義が危険を伴うからだ。夫婦関係の新たな、未知の側面を暴き、それによって取り返しのつかないほど性質が変わってしまっていたかもしれない。被害をもたらし、もはや夫婦関係の存続が不可能だと明らかになるかもしれない。マーイケとはその危険がなかった。彼女は安全領域、彼が望むことのできる現実のパラレル・セグメントだ。奔放なセックス――どこから来るのかはわからないエロティックな空想に屈する、という長年の夢。彼の願望を呼び起こす相手がマーイケだったというのは、年齢の差による。彼女は十八歳年上だった。その特殊な差は自然と、彼らの関係性を特殊な領域に連れていった。彼女の体が彼を興奮させた。自分より年月を経ていて、未知のものだったからだ。彼は彼女の年月を見てとった。出産の跡、二度の結婚、おそらくいたであろう一連の愛人。腹の筋、柔らかな肉、衰え、それから……つまりは女性の人生の軌跡だ。もはやなににもたじろぐことのない体。

ヘンクは慌て、汗をかきつつ、奇妙なディテールを思い出す。マーイケは下着をつけていなかった（当時は、だ。ナーシングホームではおむつをしているので、我々はそれを便宜上、下着に計算しておこう）。ヘンクはそれをとても魅力的な習慣だと感じていた。下着を着用しているか否かは当然、ごくわずかな差ではあるが、その差は彼の狂おしい熱をますます上げるのに十分だった。マーイケのそばにいると、自分が彼女の裸のそば、その裸が彼に与えてくれるものすべてのそばにいることを意識した。ナース服のボタンをはずすだけで、完全に裸の彼女が目の前に現れるのだ。彼女の前に跪き、恥丘に顔を押し当てるのが好きだった。下腹部の豊かな、濃い色の三角形の意外なほど柔らかな毛に。いつもほんの少しコミカルに、場ちがいなヒゲのように見えたが、笑うことはなかった。そのランドスケープのどこかに彼女のヴァギナがあり、彼はそれにとても真剣に向き合った。数ヵ月、そこが彼の世界の中心、彼の日々の重点、自然とそこに陥り、いったん視界に入ると数分のうちに自らの精子の目的地となる場所だった。

マーイケとのセックスは実際に奔放であったか？　いや、もちろんそんなことはない。現実は奔放さを許容しない。少なくとも、空想が許容するほどには。マーイケとのセックスもレールにはまり、二人は関係性が自ずと尽きるまでそこを辿った。それはこんなふうに起こった。夜勤のあと、彼らは空いている診察室で、いつもどおり急いでちゃちゃっとセックスをした。彼が彼女に挿入し、数分間ともにリズミカルに動いて、ほぼ同時にオルガスムスに達して終わった。ドア窓のすりガラスを通して廊下から暗い室内に差し込む蛍光灯の光の下、彼らは服装を整えた。マーイケはナース服のボタンを留め、ティッシュペーパーでリノリウムの床を汚す精液を拭った。ドアに向かいながら、互いの視線がぶつかった。偶然のことで、最初はさっと見ただけだが、あらためてじっと見つめ合った。なにかが感じられた。それがなんであるか、二人はすぐに気づいた。彼らは立ち止まり、マーイケが彼の顔を両手で挟んだ。ヘンク、と彼女は言った。スケベなヘンキー、もうこれで十分なの？　ヘンクは彼女の両手を取り、自分の唇に押し当てて頷いた。

それで終わりだった。突如、二人が陳腐さを見てとったことによって情事は終わりになった。互いの瞳の奥に深い当惑が読み取れた。診察室の光の下、急いで下にずらされ、がばりと開かれた服、精液のしみとともにたったいま起こったことはみじめったらしい。〈奔放なセックス〉という魅惑的な幻想なしには、彼らの情事は単に痛々しいだけだった。一度、そういう見方をした以上、もはや他のなにも見ることはできなかった。過去数ヵ月にわたってあれほど強く彼らを捕らえていたものは、一瞬にして存在の場を失くした。

それによって欲望が完全に消え失せたわけではなく、時折りこみ上げてくることがあった。何気ないときもあれば、もっと強いときもある。いずれにしても、情事の再開には至らなかった。年月とともに、燃え盛るエロスは〈共通の過去〉によって愛情に代わった。彼らのみが共有し、他の誰も知らない過去だ。マーイケが彼の前腕に手を当てることがあった。ヘンクが彼女の肩をそっとつねることもあった。それだけだ。数年前にヘンクがリディアと離婚すると話し――それまではうまくこらえていたのに、突然、鼻をぐずつかせて無力に泣きながら――、マーイケが慰めにセックスするか訊ねたときにさえ、彼は悲しみにくれる表情で首を振った。

でもいまは、あらゆる衝動の無力な餌食《えじき》なのは、彼女のほうだ。あらかじめ彼女に言い寄られそうだと察して、関心を逸らして防げることもあるが、予期できないこともある。ナーシングホームの医師は、性的に抑制の利かない行動は認知症の患者には珍しくはないと彼に説明したが、マーイケに関してはそれだけではないことをヘンクは理解している。単に意味をもたない、上品な行動の抑制を逃れた欲望であるだけではなく、彼らの過去と関わっているのだ。それゆえ彼はできるかぎりやさしく押しとどめる前に、ちょっとだけ彼女のやりたいようにさせるのだ。

彼は帰宅し、階段を上がる。シャツがずぶ濡れで背中と腹にくっついているが、それには関心を払わない。家に入ると、むっと暑いが、それもどうでもいい。

「スフルク?」

＊

スフルクの具合はよくない。水を入れた器を置くと、難儀そうに起き上がって少し飲むが、すぐまたかごに突っ伏す。呼吸が荒い。スフルクの顔を両手で支え、目を覗き込むと、またあのよそ者が見える。スフルクの茶色の瞳にもヘンクを認める輝きが見えない。彼もまたよそ者だ。熱い旋風のごとくパニックが沸き起こるのを感じるが、幸いにもイニシアティブを執るのは看護師としての自分だ。十二時七分前。角の動物病院は、土曜日は十二時まで受け付けている。彼は電話をして、いまから行く旨を伝え、待っていると言ってもらう。

「さあ、病院に行こう」

彼はスフルクを抱き上げる。大きな猫ほどの大きさなので、それほど大変なことではない。子犬だったとき以来、抱き上げたことはなかったが、スフルクはふつうではない状況に反応を示さない。彼らは階段を下りて通りに出、右に曲がり、日陰を歩いて、数分後には動物病院に着く。以前の訪問で覚えている獣医が待っていてくれた。獣医がヘンクのことを覚えているかは定かでない。彼は犬にのみ関心を払う。スフルクは診察台の上で運命に身を任せている。獣医は黙って診察し、一連の質問をする。ヘンクはそれに答える。その後、獣医が説明する。おそらく心不全だろう。心不全とは心臓がもはや血液を……という説明をヘンクは遮《さえぎ》る。心不全がなんたるかは知っているから、と。獣医は頷き、二人はスフルクをはさんで立ち尽くす。まだ呼吸が荒く、周りに関心を払わず、飼い主の視線を探さない、心不全の心臓とともに寝そべっているだけのスフルクのそばに。ヘンクはサスキアのことを考える。心臓はポンプで血液は流れる——そう、いまのところはまだ流れている。だが獣医はたったいま、近い将来、それに終わりが来ると話したところだ。彼は姿勢を正して訊く。

「どうすればいいでしょうか？」

「利尿剤を試してみましょう。浮腫《むく》みを減らすように。息苦しさが改善されるでしょう。それから水分制限。あまり飲ませすぎないようにしてください。ひどく喉が渇いているようなら、濡らしたスポンジで口と舌に含ませてください。ゆっくり休ませて、特にこんな暑い日には。うんちとおしっこに連れていくだけで、長い散歩は避けるように」

獣医はまっすぐに立っている。ヘンクには古風な哲学者のように見える。不動でよそよそしい古代ローマの大理石のように。穏やかな、祈るような声で静かにはっきりと話すが、どこか上の空だ。おそらくすでに家に帰ろうとしていたのだろう、とヘンクは思う。休診の土曜日、涼しい庭、切手の収集、孫……だが獣医は突然、診察台の前に驚くほどしなやかに跪く。顔がちょうど犬の顔の高さになるように。彼はスフルクの頭を撫でる。

「スフルク、息が苦しいのかい？　なんとかしてあげるからね……うん……ああ、なんていい顔してるんだ、うん、いい顔だねえ、かわいいね、きれいな目だね……」

ヘンクは唖然として黙っているが、スフルクは濃紺の合成皮革に覆われた診察台の上でしっぽを振っている。獣医がスフルクを抱きしめて話しかけ、スフルクが抵抗せずに薬を飲まされる様子をヘンクは傍観している。その間に、利尿剤と並行して心臓のはたらきを補う薬も効くかもしれない、と獣医は説明する。だがその薬は副作用を伴うことがあるので、使う利点と欠点を考慮する必要がある、と。一度、効果があるか試して、それから状況判断をしよう。それでいいか訊ねられ、ヘンクは頷く。しばらくすると、獣医は薬と説明書の入ったビニール袋を渡す。それで診察は終わりだが、二人の男は間に犬を挟んだまま立ち尽くしている。会話はまだ終わっていないようだ。

「十三歳、とおっしゃいましたね？」

「もうすぐ十四歳です。生後八週ほどの子犬のときに迎えたんです。七匹生まれたなかから選ばせてもらえて、すぐにこの子が気に入って。こいつはとても……とても……」

「かわいい？　愛らしい？」

「人の心を動かす、生き生きとした子犬でした。跪いて頭を撫でると、すぐにしっぽを振ったんです。あんなに小さくても、ちょうどいま先生がなさったように……だからぼくには……よい兆しなんじゃないかと……」

「まだしばらくは生きてくれるでしょう。心臓が治ることはないけれど、まだしばらく時間はあります。何ヵ月か、もしかしたらもっと長いかも……」

「そうですね。ありがとうございました」

獣医はまだスフルクの頭を撫でている。長く上品な指だ。

「息子が犬を飼ってたんです」獣医が言う。「ベルジアン・シェパードでマックスという名前でした。息子といつもいっしょでした。マックスはヨッヘムの部屋で寝てたんです。学校からいつ帰ってくるか、正確にわかってました。いつもとちがう時間でも。まるで遠く離れたところから匂いでもするみたいに。マックスはなにか特別な……」獣医はハエを追い払うように、顔の前で手を振る。「のちに妻は……」

ヘンクは上の空で聞いている。スフルクにはまだ時間がある、と考えながら。何ヵ月か、もしかしたらもっと長いかもしれない時間。最初の数ヵ月、子犬が飼い主のことを知ろうと努力する様子が印象的だった。スフルクは彼の行く先々について来た。ヘンクがキッチンでなにかをしているとき、テーブルに向かって新聞を読んでいるとき、あるいはテレビを見ているとき、よく頭をかしげ、片方の眉毛を上げてじっと見ていた。飼い主はなにをしてるのだろう？　この行動をどう理解すればいいんだろう？　ぼくはなにか期待されてるだろうか？　ときどきヘンクはスフルクの脳がフル回転するのが見えるように感じた。カンカン、ブーンと音を立てる機械、ロッドとリール、車輪と回転軸のように、犬なりに飼い主を理解しようと努める。彼は犬の目を読むコツを覚えた。耳の位置、しっぽの動き、背中のライン、廊下での感情の激しさ、食欲、おしっことうんちのパターンと頻度。そうして彼らは互いのことを知っていった。目を見つめ合い、読み取れるものを読み取る練習を重ねた。ヘンクはしばしばスフルクの目を読むことに没頭した。おなかがすいた、うんちに行きたい、暑い、散歩、豚耳（犬のおやつ）、と彼は読んだ。犬は感情豊かな動物であることに気づいた。悲しみ、喜び、恥、苛立ちが見て取れた。感情が豊かであれば、音楽も好きだろう。彼はモーツァルトのCDをかけて犬の目を見た。無反応。いや、豚耳を欲しがった。ヘンデルも無反応。ビートルズも。フランキー・ゴーズ・トゥ・ハリウッドならどうだ。やはり無反応。だが〈エリーゼのために〉で突然、反応があった。最初の音から頭が斜めになり、片方の眉が持ち上がり、スフルクはじっと静かに座っていた。なにを聴いているのだろう？　ヘンクには見当がつかなかったが、嫉妬を感じた。まるで初めて聴いたかのようにこの音楽を聴くことができるとは……。スフルクはさいごの音が消えるまで身じろぎもせずに座っていた。ため息をついて寝そべってもまだ感動に浸っているようだった。混乱しているのかもしれない。犬の脳の深いところで、ふつうは人間においてのみ刺激が伝わる線維が活性化されたために。

今朝、スフルクが突然、よそ者となり、彼もまたスフルクにとってそうであったとき、互いの関係、長年いっしょにいたあいだの彼らの過去は消し去られるもののように感じられた。まるで大好きだった本を手に取ると、内容が突如、変わっているかのように。彼がその疎隔をただちに病気のせいだと考えたのは、病院での仕事でその症状を知っているからだ。ヘンクはこれまで何度も見てきた。健康で、確かな人生を送る人がベッドに近づくのを。そのベッドには近しい者が横たわっている。健康ではなく、重傷を負っているか重症であって、人生がまったく不確かである者が。慎重に近づく。目に恐怖をにじませ、よそ者が横たわるのを見て驚愕する。これがほんとうに妻なのか？　これが現実の父なのか？　そしてなによりもひどいのはこの疑問——あれはわたしの子ども？　彼ら、その健康な人たちは、ゆっくりとベッドに近づく。まるで暗闇を探るように手を前に出していることが多い。慎重に、よそ者に触れる。前腕、肩、胸、ひたいに。

息子が犬を飼ってたんです。帰宅し、スフルクがかごのなかで眠りに落ちてから、ようやく獣医の話がはっきり伝わってきた。息子が亡くなった、ということだ。獣医の話が終わったあと、ヘンクはただ頷いて、再び礼を述べた。診断の内容にもかかわらずホッとして。まだ時間があるのだ。それから彼はスフルクを抱き上げた。ドアのところで振り向いて、挨拶代わりに頷いたとき、獣医はまだ診察台のところに老いた姿でまっすぐに立ち尽くしていた。いまになってようやく彼は自分がなにを見たかを理解した。実際に見たのは、息子を亡くした父親だったのだ。その認識とともに彼はスフルクを見て、マーイケのことを考えた。この人たちのことも——リディア、サスキア、真下の隣人、今朝の混沌とした女性、ローザ、フレーク、書店主、数日前に精肉店で見た真っ赤なジャケットの男性、小学生時代の友だち、猛暑の午後にポルトガルの田舎のカフェに入ってきて、カウンターで冷やした赤ワインの大きなグラスを一気に飲み干した農家の男性、小学一年の担任でベージュのNSU《エヌエスウー》に乗っていたワーヘマーカース先生。

やれやれ、終わりのない行列が通り過ぎるのを見ながら、ヘンクはその誰も——自分自身、へンク・ファン・ドールンも含めて——が死にゆく存在であることをはっきりと自覚する。死にゆく存在、すなわち終わりの来る命。いや、我々が望まないのに終わりの来る命。いや、ヘンクが望まないのに、終わりの来る命、だ。

*

ヘンクは哲学が好きで、ニーチェをもっとも好む。とりわけ彼の〈生に対する歴史の利害について〉（『反時代的考察』第二篇）に思い入れが強い。記憶の理想的な比重に関する本だ。どの点において、記憶は邪魔になるか、とニーチェは問う。むずかしい問いであることが明らかになるが、ヘンクは気にしない。三回読み、実際には理解していなくとも、毎回、頭脳明晰な哲学者とともにいる興奮に包まれた。本のなかの言葉を定期的に思い出す。数時間前にナーシングホームでマーイケが〈瞬間の鋲〉に繋がれて生きている、と認識したときのように。ニーチェは認知症の人ではなく、動物についてそう述べている。動物は過去や未来についての認識をもたずに、時間の垣根のなかで生きているので、これまでにあったこととこれから起こることがわからない。同様のことが幼い子どもについても言える。それは心地よい存在のかたちであるが、長くはつづかない。子どもはあまりにも早く——そうニーチェは書いている——〈昔々〉を理解するやいなや、忘却からたたき起こされてしまうから。昔々。昔々、あるところに貧乏な仕立て屋がいました。かわいい小さな女の子が、大工が……誰でもあてはめられる。我々の人生は、親が物語を語り聞かせはじめる瞬間に、時間の潮流に放り込まれる――ニーチェはそう言っているのだろうか、とヘンクは考える。そうだ。物語は時間の優美さとともに存在する。なにかが起こり、それからまたなにかが起こり、時間が包含する順番にそれが連なる。「昔々……」とはじまるや、我々はドブンと幅の広い川に浸かっているのだ。

　ヘンクはふつうの人よりも、自分たちがどれほど物語に浸されているかを意識している。考えてみて、とローザに話したこともあった。我々は物語を語るんだ。新聞や雑誌で、テレビで、ソーシャルメディアをとおして、友だちとの会話で、パン屋で、タクシーのなかで、裁判所や市議会、国会で、講義室や教室で、会社で、セールス先で。我々の知識は物語で成り立っている。我々の記憶は物語だ。我々の計画も。そして自分が誰か、ということも物語なんだよ、ローザ。我々は自分でつくる物語のなかに生きている。ぼくを例に挙げてみよう。ぼくはヘンク、五十六歳、十二月には五十七になる。クリスマスの前日だ。アムステルフェーン（アムステルダムに隣接する市）で生まれた。村でも街でもなく、世帯に合わせて造られた行政区。なにも特別なものはなかったが、ぼくがそこで育ったことによって特別になった。我々は道路でボール遊びをした。校庭でサッカーをした。体育館の裏の人気のない自転車置き場で物を燃して遊んだ。炭化した燃えかすの匂いを覚えている。母は主婦で、父は化学の教師だった。ときどき父から奇妙な匂いがした。ぼくは三人兄弟のまんなかで、兄は亡くなった。いまでもそのことを話すのは苦手だ。弟は、そう、きみはもちろん彼のことを知ってるね。きみと弟のティム、二人の子どもがいる。ぼくはICUの看護師だ。仕事が好きできちんとこなせるが、時には怖くなることもある。ぼくが目にする悲しみのすべてがぼくの肌にこびりついて、そのせいで早く老けてしまうのではないか、と。それはたしかに馬鹿げた考えだ。身長は一メートル八十六センチで体重は九十一キロ。BMIは二十六・三。高すぎるが、肥満にはほど遠い。健康推進センターの話では、数キロ痩せるだけで健康になれる。陽気な独り者、というのが無理のある表現だとは認めるが、なるべくよく考えるしかない。

肝心なのはね、ローザ――彼はそう締めくくった――物語が我々の理解の基礎的なかたちだということだ。理解の建築物。数々の物語なくしては、世界は意味をなさないバラバラの部分に崩れてしまうだろう。物語を語る我々の能力が、世界をひとつにまとめているんだよ。想像力のおかげで、我々は無からなにかを紡ぎ出す。「昔々……」とね。

ニーチェはこれについてはまったく触れていないが、記憶の理想的な比重について考え、動物には記憶がないと思っていた。ヘンクはそれにはまったく同意できない。スフルクを見ていて、記憶があるのは確かだからだ。過去に関する知識をもっていて(どこにかごや餌入れ、おもちゃがあるか、自分の名前がなんであるか、ヘンクは誰か、ヘンクの声はどう聞こえるか)、未来を思い描くことができる(朝の散歩、夕食、ヘンクが朝、階段を下りてくるときの匂い)。動物はいまの瞬間しか知らないから単純にしあわせなのだ、とニーチェは考えたが、ヘンクは情緒豊かな暮らしをそこに見る。スフルクはしあわせなときも、陽気なことも、興奮したり、怒ったり、恐がったり、悲しんだり、メランコリックな気分のときもある。音楽も好きで、〈エリーゼのために〉だけでなく、マーラーの〈亡き子をしのぶ歌〉や、おかしなことにジョージ・ベイカー・セレクションの〈ウナ・パロマ・ブランカ〉も好む。

よって、こんなことがこの土曜の午後一時前後にヘンクとスフルクの人生（と犬生）に起こる。ヘンクはCDの棚に歩いていき、〈エリーゼのために〉を取り出してかけ、スフルクのほうを見る。スフルクはかごのなかでまず耳をそばだて、それから目を開ける。頭はかごの縁にしっかりとのっているのでかしげられることはないが、左の眉毛はちゃんと持ち上げられる。それによって表情が突然、読み取れるようになる。

まだ時間はある、とヘンクは読み取る。至福の、すばらしい、比類なき人生（と犬生）の時間がまだあるのだ。

＊

いまは一時ごろ。ヘンクはキッチンとリビングを仕切るダイニングテーブルに向かい、砂糖を入れすぎたせいで少しどろっとした濃いコーヒーを飲んでいる。一日はまだ午前しか終わっていないのに、すでに満杯になっているようだ。室内の蒸し暑さに見合う重みをもっている。少しでも涼しくなるように窓を開けるべきだが、重みはヘンクのことも捕らえているので、彼はそのことを思いつかない。コーヒーもまったく助けにならない。疲れはますますひどくなってゆく。ベートーヴェンが押しつけがましく聴こえるのは疲れているせいだ。脳はもはや複雑な和音を処理できず、音楽がバラバラな騒音になる。ヘンクは静寂を望む。早急に静寂を要するので、疲れにもかかわらず立ち上がって音楽を消す。静寂はすぐにレンガ敷きの道を通り過ぎる車の音に奪われてしまう。その音は浜辺の貝を越えて海に戻ってゆく海水を思わせる。それによってコーンウォールのバカンスの記憶が蘇る。引き潮にならないと浜辺には出られない。プラスチックごみ、パッケージ、バケツ、手袋、空きビン、縄などに溢れ、海藻と絡まり、色鮮やかなものも多い。その不思議に美しい光景を何十枚も写真に撮ったので、プリントして額に入れ、階段の壁などに並べて飾りたいと思っていたが、そういうことにひどく怠惰であるため、いまだに実現していない。車が通り過ぎると、階下の隣人のテレビの音が聞こえてくる。彼はため息をついて、CDの列を指でなぞる。邪魔にならず、静寂の代わりになる音楽を探して。彼が選んだのはジョージ・ベイカー・セレクションだ。

太陽が山の上に輝き
夜が逃げゆくとき

新しい日がはじまる、新しい道が
そしてぼくは太陽まで飛んでゆく

スフルクは反応しない。ヘンクは軽い失望を感じるものの、安堵のほうが強い。スフルクはこれまでずっと決まった時間にそうしてきたように、深く静かに眠っている。カタストロフィが起きているわけではないのだ。

彼はまた座り、残りのコーヒーを飲む。このCDはかつてリディアが買い、離婚後はスフルクのためにヘンクがこの家に持ってきた。リディアはヘンクの知るもっとも知的な女性だ。計算複雑性理論の教授で、二十三歳にしてルールモント市の（自民党の）市会議員を務め、英語、フランス語、スペイン語を流暢に話す。だがその趣味の悪さは驚くべきものだった。ジョージ・ベイカー・セレクションのみならず、ボニーM、ABBA、〈アルファヴィル〉も好きだった。〈フレンズ〉や〈ザ・ボールド・アンド・ザ・ビューティフル〉のようなシリーズを好んだ。電子レンジで温めるだけの食事とアルコールフリービールも。アンゴラ生地やスパンコールの服も。刺激的なランジェリーが好きで、おそらく再婚したアメリカ人もそれを好むのだろう。だがここでヘンクには不快な光景が浮かんでくる。いずれにしても、よい趣味の欠落を当初、彼は魅力的な個性のように感じていた。恋をしていたのだ。恋とは思い込みであって、ヘンクもそれを免れることはできなかった。リディアの趣味の悪さは、すがすがしいほどの正直さ、社会的な勇気、習慣に縛られないことの証しだと思い込もうとしていた。彼女は独立した、自由な人間なのだ、と。それによって彼女は彼にも貢献していた。彼の洗練された秩序を乱し、自らの価値観を測りなおし、修正し、考え直すことを強いた。分別のある人間ならそれに異議を唱えることはない。だが恋が冷めていくと、思い込みも消え失せた。恋の行方の常であるように、彼は苛立ちを覚えはじめ、苛立ちを中和するために彼女を理解しようとした（それもやはり常である）。彼は彼女に質問した。なぜそんな音楽が好きなのか？〈ウナ・パロマ・ブランカ〉のどこが魅力なのか？リディアには答えられなかった。彼女は答えようともしなかった。いったいなにをごちゃごちゃ言ってるの？ ただいい歌だと思ってるだけ。それがどうしたって言うの？ どうしたって言うのって……。それはだな、とヘンクは話しはじめたものだ。かなり自明なことだと思うが……あのだるいリズム、ピッコロの音、歌詞……あれを聴いたらすぐにわかるだろう、などと。だが悲しいかな、彼女にはまったくわからなかった。そしてヘンクにはうまく説明することができなかった。説明できない、ということが問題だった。説明しなくても彼女がわかるべきだったのに、彼女にはわからなかった。彼が説明できないのだから、二人のあいだに亀裂ができた。そして結局、その裂け目に結婚生活すべてが消え失せてしまった。物事はそう運ぶものだから。正確にそんなふうに。最初の日から存在していたくだらないことを誤魔化し、説明づけ、相手にわからせるべく険悪ではない口論をしようとするが、最終的には収拾がつかなくなる。なにをしても無駄で、結婚生活全体が少しずつ無慈悲に破壊されてしまう。

ウナ・パロマ・ブランカ（白い鳩）
ぼくは空の鳥のよう
ウナ・パロマ・ブランカ
山々を越えてぼくは飛ぶ
誰もぼくの自由を奪えない

ほんとうにひどい音楽だ。立ち上がってCDをプレーヤーから取り出して壊し、粉々に砕き、燃やして、結婚生活の墓場に灰を撒くべきだ。だが彼はそうはしない。スフルクのことを考えて。ぐっすり眠っているスフルクに治癒的効果があるかもしれない。それにもう一度、立ち上がる気力は残っていない。あまりにも疲れているため、〈ヘンクの人生〉の人気のない砂浜に、感情の油ぎった波とともに打ち上げる、新たな怖ろしい考えを遮ることができない。その考えはこうだ。なんて信じられないくらいひどい女だったんだ。あのリディアは。恥もアイロニーもわずかな内省もなく、あんな音楽をほんとうに好きだなんて。それは人の性格のなにを表しているだろうか？　あまり良いことではないだろう。かつて彼女を愛していたとは――彼の思考はまるでハイエナの群れのようにせわしなく進む――奇妙な認識だ。いまではぜったいに考えられないことだ。当時の彼はいまとはまったく異なる男だったのだろう。そうでなければありえない。どんな男だったのか？　二十七歳で痩せていて、エネルギッシュにさっと動けた。実行力のある印象で、特に勤務中はそうだったが、実際には操作不能だった。中枢、重心を欠き、方向が定まらずに漂っていた。自分が誰なのかを理解していなかった。彼は空っぽで、なんでも入るコンテナ、誰でも好きなことのできる舞台、誰でも話のできる説教壇のようなものだった。弱虫――そう、その言葉が合っている――、ろくでなし、クラゲのような存在だった。だが待てよ、今度は自分を攻撃しはじめたが、そんなはずではなかった。我々はリディアの話をしていたのだ。リディアはクソみたいな音楽、クソみたいなドラマの好きなクソ女――いや、止めろ。止めろってば。リディアがクソ女というのは嘘だ。まったくそんなことはなかった。では彼女はどうであったか？　二十八歳で博士号を取得したところで、人生の計画をもっていた。かつて彼がそうであった男（二十七歳、痩せてエネルギッシュ）を愛していた。なぜなら、単にベッドをともにしたかっただけでなく、結婚しようとさえ思ったのだから。そして彼も彼女がそうであったところの女性を愛していた。彼のほうでも、ベッドをともにするだけでなく結婚したかったのだから。よって二人は結婚した。二人はしあわせだった。しあわせだったのを彼はよく覚えている。互いが三十代になり、子どもができないとわかったときにも（これは繊細な問題なので、我々はここでは触れずにおこう）まだ愛し合っていた。もはや以前ほどはしあわせでなかったにせよ。時の経過とともに鋭さ、物事の即時性は失われ、〈しあわせ〉は侵食されて〈満足〉に変わる。そういうものなのだ。だが四十代半ばになると突然、もはや互いを愛していなかった。ある日、急に互いのことを愛さなくなっていた、というのが彼の記憶だ。突然、二人のあいだにある種の空虚さが広がっていた。伐採された土地のように。なぜ？　なにゆえ愛しあうことをやめたのか？　彼にはわからない。考えてみたことがなかったし、おそらく彼女もそうだろう。もはや愛しあっていないといったん気づくと、なにがまちがっていたのかと問う意味はなくなった。ましてやそれについて話しあう必要などなかった。その後も二人はまだ長いあいだ、同じ家で暮らしつづけた。習慣的に、あるいはより良いアイディアの欠如により、いつかまた自分に興味をもってくれる人が現れるとは思えずに、であったかもしれない。いずれにしても、ぜひいっしょにいたいからでなかったのはたしかだ。最終的には静寂が堪えがたくなって――いや、静寂ではない。騒音は十分立てていたから――意味の欠如が堪えがたくなり、別れた。そうだった――当時よりも穏やかで、悲しく、ある意味では賢明になった彼は振り返る。そんなふうに運んだ。そんなふうに結婚生活が壊れたのだ。恋が愛となり、好意になり、ある種の友情となり、自明となり、惰性となり、苛立ちとなり、嫌悪となり、恨みとなり、無関心となり、意味の欠如となり、離婚に至る。

まあ、だいたいこんなふうに運んだ。ほかにも話すべきことはあるので、あくまで〈だいたい〉ではあるが。いずれにしても、ここに至り、彼が電話を手に、リディアの番号を選ぶ瞬間が訪れた。彼女はまるでニューヨークではなく近郊の村に住んでいるかのように、ほぼ同時に電話に出る。

「ヘンク」という声を彼は聞く。「嬉しいな」

「リディア、久しぶり。ぼくだよ。元気？」

「うん。なんとかやってる。起きて朝ごはん食べてるところ。ルーフテラスで。あなたは？」

「ぼくはちがう。室内にいるよ。ねえ、聞いて。きみにも知らせるべきだと思って。きみのものでもあるから。だから電話しようと思ったんだ……」

「そんなにまくしたてないで。わたしのものでもあるって、なにが？」

「スフルク。スフルクのことで電話してるんだ。病気なんだよ」

　そう、彼はスフルクのことで電話をしているのだ。それ以外には電話をする理由がないのだから、そうにちがいない。離婚後、二人には話すことがなにもなかった。互いの人生がもはや重なりあわないから、彼らの人生のあいだには裸の大地しか横たわっていないからだ。だがスフルクはまだその大地を走り回っている。だから、スフルクを通せば、二人はまだ接することができるのだ。互いの声、その声の呼び起こすイメージ、そのイメージに付随する記憶、すなわち、自分たちがかつては愛しあっていたがいまはそうではない、という非常に複雑な事実に堪えることができる。そしてスフルクが生きているかぎりは（生きているかぎり！）、それはいつまでも可能だ。

　当時、二人はいっしょに犬を選んだ。ストレスを抱え、生活のテンポを少し落とそうとするリディアに、ヘンクが犬を飼うことを提案した。動物は——ヘンクは説明した——〈瞬間の鋲〉に繋がれて生きている。彼らは人間を〈いまここ〉に繋ぎとめてくれる。きみが必要としているのはまさしくそれなのだ、と。リディアはプードルを飼いたいと思っていたが、ヘンクがコーイケルホンディエを見せ、それに決まった。オランダ・コーイケルホンディエ協会の女性の会長（親切だが、ヒステリックでもあり、すばらしく大きな足をしていた）から子犬を買い、二人とも一瞬にして虜《とりこ》になった。子犬はきちんと整えられた、恵まれた、子どものいない家に混沌をもたらしたが、それは問題ではなかった。彼らはなんとも愛らしい表情に心を奪われ、尻を振る姿を笑った。小さくきれいな歯に感嘆し、ビックリするほどふわふわな毛をやさしく撫でた。肝心なのは、リディアが快復する速度でも、スフルクが容赦なく彼女に〈いまここ〉を示すことでもなく、スフルクの生気だった。それが鍵だった。彼女はそれに引き上げられ、快復し、仕事に復帰できた。帰宅すると、はちゃめちゃに喜ぶ子犬が迎えてくれた。寄ってきて背中で転がり、彼女の髪を引っ掻こうとする。それから、かじりかけの牛耳や生のじゃがいも、おもちゃをもってくるので、にやっと笑って、高く変な声で「いい子だね」とか「おりこうさん」「わたしのだいじなならず者ちゃん」などと可笑《おか》しなことを言わざるをえない。

「やだ！　なんの病気？」

彼は六千キロ向こうでカップを置く音を聴く。カチャンというかすかな音にすぎないが、それだけで彼女の姿が十分に想像できる。大理石のビストロテーブルにカップを置いて、姿勢を正して座る。突如しっかりして、これから起こること、カタストロフィとなる言葉に備えて。背景に見えるであろう家々の屋根やタワービルは彼の想像には出てこない。代わりに、さまざまな本やテレビドラマ、映画で見た街の様子が浮かんでくる。例えば〈タクシードライバー〉でトラヴィスが売春婦をする少女アイリスを救いにきた通り。かつては高級だったがいまでは荒廃した家々、錬鉄でできた優美なバルコニーの柵、おそらく後付けされた飾り気のない鉄の避難階段、畝模様のアルミニウム製のゴミ箱、ゴミを入れて重ねられたダンボール箱、壊れたアスファルト。どこもかしこも男女と子どもであふれ返っている。歩道も玄関に至る石段も窓も。暑い夏のシーンだからだ。観ていると、うだるような蒸し暑さを感じ、アスファルトや排気ガス、吐き気をもよおす甘いゴミの臭いがしてくる。トラヴィスはアイリスについて売春宿に行く。足をくじくほどヒールの高いオレンジ色の靴を履いたアイリス。なんということ、二人はいっしょにあの映画を観たのだった。自宅で、セックスのあと、ビデオで。彼とリディアは。

「心不全だ」

もはや愛がないことに気づくと、彼らは友好的に離婚した。子どもはいなかったし、金銭問題はなかったので、そうすることができた。スフルクのことはどちらも引き取りたかったので、難題だった。どちらもスフルクへの愛というまっとうな動機をもっていた。スフルクのためにはならないことを理解して、所有権の折半を放棄したのもそのためだった。ではスフルクはどちらと暮らすことになるのか？　事態は深刻化する前におのずと解決した。リディアがニューヨークのコーネル大学に職を得たからだ。離婚から二ヵ月後、彼女はアメリカに移住した。そこで同じく情報学者、つまり同僚である現在のパートナー、ティモシーと出会った。離婚から半年も経たずに、リディアはブルックリンにある彼の家で暮らしはじめた。そこのルーフテラスでいま、朝食を取っているというわけだ。ヘンクは時折りこう考える。結婚生活のさいごの数年がリディアにあまりにも強い緊張をもたらしたため、彼女の人生がカタパルトのゴムのように張りつめ、離婚調停のサインが終わって緊張が解けた瞬間、石のごとく飛んでいったようだ、と。離婚後のどんより暗い数ヵ月、たまにカタパルトの光景が頭に浮かんでくることがあった。リディアが空高くヒューッと飛んでいくさまが。髪をなびかせ、脚をばたつかせ、小型のスーツケースをしっかりと胸に抱えて、大西洋を越えて遥か彼方、コーネルまで。そこで彼女はバン！　とティモシーの腕に着地するのだ。どちらもひどく驚いているのは言うまでもない。それは突拍子がないけれど、気持ちを軽くしてくれる光景だった。思い浮かべるたびに、彼は吹き出した。それだけでは終わらず、涙が流れるくらい彼は笑いつづけた。何分も、腹がよじれるほど。なびく髪……彼はしゃっくりをして涙を流した。ばたつく脚……体が膠着《こうちゃく》してきた。スーツケース……さいごには赤らんだ顔に涙目、笑いすぎて痛くなった腹に両手をあててソファにくずおれた。疲れきってはいるが、深く満足のいく方法で浄化され、悲しみと恥、憎しみ、後悔から立ち直り、残りの人生をはじめられそうだった。

「でも治療できるんでしょう？」

「飲ませる薬はあるけど、治ることはないんだ。進行を遅らせるだけなんだよ」

「進行を遅らせる？　どういうこと？　いずれは死んでしまうけど、いまじゃないってこと？」

進行。なんてこった。医療現場の言葉（進行、経過、手術、予後等）は、望みどおりの安心材料を与えない（「すべてきちんと管理している」「よく理解した上で治療している」と言うと、逆に警戒させてしまう。誤魔化しであるのは明らかなのに、医師や看護師が嘘をつきとおすのはひどい、信じられないことだ）。リディアが彼の説明を鋭い語調で繰り返してみせたのが警告となる。もっと慎重に言葉を選ばなければならない。

「心臓の機能が低下してるんだよ、リディア。年のせいだ。収縮力が弱まって、血液が十分に循環されなくなってる。薬で症状は緩和されるけど、完治することはない。だから最終的には……」

「でもそんなのダメよ、ヘンク、治らなきゃ！」

動揺が声にあらわれる。

「わたしのスフルク、かわいそうに……」

リディアが泣き出した。ヘンクは泣いている女性が苦手だ。いや、そうではない。看護師としての彼はとてもうまく泣いている女性に対応することができる。落ち着いて、辛抱強く、温かく。彼が苦手なのは泣いているリディアなのだ。泣いているリディアはほとんど見たことがなかった。本来は泣くような女性ではないのに、いま泣いている。自信に満ちあふれた女性が粉々に砕けて途方に暮れている……そのギャップがヘンクには堪えがたいのだ。

「やめろよ、死の床についてるわけじゃないんだから……」

失言だ！　言葉が口から出た途端に彼は気づく。苛立ちが出てしまった。大げさで、心から言っていないことをほのめかしている。彼女を過小評価したことに代償を払わなければならないだろう——ペンを手に、まだ開けていない給料明細の入った封筒に円を描きながら、彼は思う。数秒後に言葉は伝わり、彼女を憤らせるだろう。リディアは冷静かつ慎重に選んだ言葉で、憤りを激怒にかき立てるだろう。彼を非難するだろう。ちゃんとスフルクの世話をしなかった。獣医に連れていくのが遅すぎた。あらゆる攻撃をしようと古傷に触れるだろう。怠慢さ、自制心の欠如、肥満を咎めるだろう。ふと愚かにも正直に打ち明けてしまった浮気を責めるだろう。彼女の浮気を彼女に思い出させる機会を彼にあたえずに。そしてさいごには彼の不妊を持ち出してくるだろう。なぜなら結局、そういうことだったのだから。痛ましい話だが、いまなら話せる。彼の精子は状態が悪かった。泳ぐのが下手だったのだ。この非難がとどめの一撃となるだろう。鉛のように重い罪のマントが彼の肩にのせられ、動けなくなった彼に、彼女は言いたい放題になるだろう。次から次へと円を描きながら、彼はすでにこれから起きることに甘んじている。

　だがそんなふうにはまったく運ばず、彼女はこう訊ねる。「あとどのくらい生きられると思う？」

　ちゃんと話せるように努めているのが声にあらわれている。かすかに震える声。言葉がまるで凍ったように、こっちで一文字、あっちで一音節、小さく滑る。

「わからない。獣医さんにもわからないんだ。何ヵ月か、もしかしたらもっと長いかも」

「もしかしたらもっと長いかも？」

「ほんとにわからないんだ、リディア。獣医さんがそう言ってた」

「何ヵ月か、もしかしたらもっと長いかも……」

「もっと長いかも。スフルクのことだ。たくさん驚かされたじゃないか」

「うん、そうだったね……ああ、スフルク……」

彼女はまた泣きはじめた。今度は声を殺しているので、ヘンクには鼻がグスグスいう音しか聞こえない。彼女は悲しんでいる。心から悲しんでいること自体はヘンクも好ましく思う。彼女はいまでもスフルクを愛しているのだ——実は、元はフィドという名前だった。フィドは物を齧《かじ》るのが好きな生命力あふれる子犬だった。本、椅子の脚、靴、コートの裾、スカーフ、電気のコード、食洗機のドア、食器棚の角、革のバッグ、ソックス、ゴミ箱から掘り出した物（牛乳パックなど）、新聞、封筒、プラスチックのケース、缶、リンゴの芯、マッチ箱。心を鷲掴《わしづか》みにされて怒ることなどできず、「こら、いたずらスフルク」と言うだけだった。効き目のない説教の言葉が徐々にあだ名になった。「わたしのかわいいスフルクちゃん……おばかなスフルク……スフルクプルルク……」そしてあだ名がほんとうの名前に取って代わった。大文字のSではじまる、譲ることのできない正しい名前となり、〈フィド〉のほうは忘れ去られた。

「自分でおもちゃを片づけてたよね……」

「ボートから飛び降りたこともあったね……」

「アオウキクサの真ったただ中に！」

「うん。音楽にも反応してたね……」

「ウナ・パロマ・ブランカ……」

「空の鳥のように自由に……」

彼女が笑う。そうだった、とヘンクは思う。かつて彼女の笑いには威力があった。二十八歳の彼女の、のびのびと自由な笑いに彼は抵抗できなかった。パーティーで笑う彼女とそれを見た彼、それがはじまりだったのだ。いったいなぜ、彼は彼女を愛することをやめてしまったのだろう？誰かを〈好きなところ〉と〈嫌いなところ〉に分けることが如何に子どもじみているか、なぜ彼はこれまで理解してこなかったのか？〈リディアのいる人生〉と〈リディアのいない人生〉いずれかの一択《いったく》しかない、となぜわからなかった？　元妻の声を聴きながら、彼は思う。もう少し賢明であったなら、彼女の趣味の悪さを彼女を愛する理由にできていたのかもしれない、と。

彼らは話す。受話器の向こうからサイレン、騒音、飛行機、ヘリコプター、叫び声、男性の声が聞こえてくる。電話線のこちら側ではヘンクがテーブルにむかって座っている——どっしりと、疲れて、暑く、だが口のまわりに笑みを浮かべて。数メートル離れたところでスフルクが寝ぼけて、満足げなうめき声をあげる。まだ鼓動する心臓のおかげでちゃんと生きているスフルクが。

＊

太陽の位置が動いたので、リビングの光と影の模様も変わった。ここで暮らす三年でその模様を熟知したので、ヘンクは時間を正確に言い当てることができる。だがいまはしない。ソファで寝ているからだ。体が彼の〈我〉から外され、休むことができる。〈休む〉とは、我々の意識の羽交い絞めから数時間、解放されることを意味する。ヘンクをじっくり観察するにふさわしい時間だ。彼はすでに述べたようにかなりがっしりしている。背も高いほうで、ひどくはないが肥満が見てとれる。頭が丸いかたちで、短い白髪に覆われている。大きな、黄褐色の目はいまは当然、閉じられているが、感情的になると涙がにじんでくる。そういうことがよくある。ふさふさした眉毛はこげ茶色——頭髪ももとはこの色だった——で、よく動いて表情を豊かにする。鼻は小さく直線的で、あまり印象には残らない。さいごに口、これは表現しがたい。唇——とりわけ上唇は堅くてまっすぐで、話すときにはほぼ下唇のみを動かす。少年時代に彼が好きだった〈サンダーバード〉の人形のような、かなり機械的な動きだ。

ヘンクより若い世代の人たちのために説明を補うと、〈サンダーバード〉とはテレビで放映されたもっとも古い動画のひとつだ。高度な技術で悪漢をこらしめる国際救助隊の話だ。隊員たちはまっすぐな顎と最新のアウトフィットの英雄で、彼らを動かす吊り糸が見えているのが問題でないほど人気だった。救助作戦がはじまり、サンダーバードのかっこいい輸送機のなかの一台が発進準備されるときのあの興奮！　ヘンクはとりわけ二号に夢中だった。ボディが太い輸送機で、発進時にコンテナポッドを換装できる。まだ七歳のヘンクを想像してみよう。ガリガリに痩せていて、土曜の夜、白黒テレビの前に骨ばった膝をついて座っている。洗いすぎてビロードのように柔らかくなったストライプのパジャマを着て、髪は週に一度のシャワーのあとでまだ濡れている。どぎついオレンジ色のジュース、３ＥＳ（コーラに似たオランダ製のドリンク）の入ったコップを持ち、視線はテレビ画面に釘付け。二号の操縦士が複雑な構造の滑り台を通り、地下に停めてある機体に向かう（！）。それから、見事な機体が発進路に向かえるように岩壁が完全に開く（！）。一見ふつうの道だが、ヤシの木々が横に倒れると（！）、発進路は三、四十度ほど上向きになり（！）、機体は大きなエンジン音とともに発射される。ヘンクは心臓が高鳴り、口をぽかんと開けている。唇が濡れているが、飲み物のせいではない。３ＥＳは完全に忘れられ、次第にぬるくなっていた。

「ターゲットに接近中……発砲の許可を求める」

「了解……命中させよ！」

せっかく我々はいま一九六八年に戻っているのだから、もう少し見てみよう。アムステルフェーン市プラウメッセンラーン二番のヘンクの家のリビングには、白黒テレビのほかにオリーブグリーンの三人掛けソファとこげ茶色の回転椅子、（マホガニーブラウンか白色に）天板をひっくり返せる長方形のサロンテーブル、リビングとダイニングのあいだの横半分を仕切る飾り棚（ガラス製品の収集品などが収納されている）があった。時折りその棚のなにかがヘンクの記憶に出てくる。ガラス製品であることもあれば、脚を一本欠いた小さなカメの剝製（脚の代わりに針金が甲羅の下から突き出ている）、中が空洞になっていて切手を入れてある木製のリンゴなどであることもある。だがもっとも頻繁に出てくるのは、エレガントな木製の小さな馬の置き物だ。軽くて生き生きしていて、たてがみとしっぽをイメージしたゴワゴワの縄のせいでかわいく見えた。いつになってもその馬のことを考えると、ヘンクは愛しい気持ちに包まれた。だが次の瞬間には漠然とした悲しみが訪れる。その馬がどこに行ってしまったのか、まったくわからないからだ。両親も兄も亡くなり、フレークは馬の置き物の美しさのわからない粗野な人間だ。いったいどこにあるのだ？　箱などに仕舞って片づけられ、その後、愛情なく捨てられるか、リサイクルショップに置いてこられたのではないか、とヘンクは思っている。詩的な気分のときには、その馬がまだどこかに存在し、窓台かどこかに置かれていて、時折り注意深く見られているにちがいない、と思う。そういうとき、その関心、数秒よく見るということがとても重要だと彼には思える。いまここで目の前にある命が、現れたのと同じくらい速く、意味のない幻影として消え去ってしまわないように。

ヘンクはいま眠っているので、ソファの上の巨体がよく見える。眠りによりリラックスしているせいで、どこかセイウチに似ている。ソファをいっぱいにしているだけでなく、ソファを越えて波打ち、リビングの主な部分を占領しているように見える。ヘンク自身がこの光景を見ずに済むのは幸運だ。もし見たら、疲れきった太った中年の姿に深い屈辱を感じるだろう。それでも、穏やかな傍観者には美しさとエレガントさもちゃんと見てとれるはずだ。それはたとえば耳などのディテールに表れている。耳は比較的小さく、コンパクトな形をしている。年を取った男に見られるようなだらりとした、ヒラタケのような耳にはまだなっていない。さらなる特典として、彼は耳を動かすこともでき、時折りローザを笑わせたりできる。その他のディテールとして、少女のようにきれいなひたいが挙げられる。彼自身はそれが嫌で、男性的ではないと思っている。子どもじみた考えだと本人も認めるが、どうすることもできない。さいごに、手もよく見る価値がある。見た目がきれいなわけではない。小さめで、かなりゴワゴワした毛に覆われており、指は太く、爪には白い斑点がある。だがずば抜けて敏捷《びんしょう》なので、動いているときには見事に美しい。それは勤務中に複雑な、技術を要する専門的な作業——包帯の装着、点滴のルート確保、カテーテルの交換などをおこなうとき、顕著に見られる。しなやかに正確に行う様子が美をかもしだす。おそらくそれは母親の遺伝だろう。母親の手の鮮明な記憶をヘンクはいくつかもっている。昔、アムステルフェーンの家の台所で料理をしていたときのものだ。まるで手が体を離れて、自由に台所を動き回っているようだった。鍋を火にかけようが、じゃがいもの皮を剝こうが、なにかに塩を振ろうが、いつも彼はその優美さに心を動かされた。まだ五、六歳だったので、当然〈優美〉という表現は思いつかなかったけれど。よく窓台に座り、窓にもたれて母親を見ていた。窓はたいてい湯気で曇り、緑色とオレンジ色の花模様の白いカーテンが張りついていた。濡れた布地の匂いが料理の匂いと変に混ざりあっていた。まるで河口で合わさる淡水と塩水のように。ヘンクはいまでも窓台に座る自分を見ることができる。エプロン姿で、目にかかる髪の束をふっと吹きはらう母のことも。そしてもちろん、踊るように動いていた母の手も。ずっと昔、一九八六年に永眠したにもかかわらず。雨の降る火曜の朝、大動脈破裂のあとだった。

どうやらヘンクは夢を見ているようだ。瞼《まぶた》の裏で眼球が落ち着きなく動いている。ここ数ヵ月、定期的に現れ、時折り考えることのある夢を見ているのかもしれない。さまざまなバリエーションがあるが、本質はいつも同じで、境界が曖昧《あいまい》な家に住んでいる、というものだ。彼の家が、はっきりしない理由によって他の家に変わっていく。壁がなく、他者の生活を親密に見せる覗き窓がある。自分のものだと思っていた部屋に突然、知らない人が入ってくることもある。自分の部屋ではなかったのか、突然、見覚えのない部屋になってしまう。

その夢は彼が自らの〈一貫性のない我〉に昔から感じていた不快さ、砂のようにバラバラになってしまいそうな感覚を象徴している、とヘンクは理解している。ほぼ抑えられた不快さがなぜ夢の中にまた現れるのか、彼にはわかる。前頭前皮質が手綱を緩めると、かつての問題がよみがえってしまうからだ。だがその簡潔な解釈では不十分なことも、彼は理解している。夢が強い脅威を呼び覚ます、というのは新しいことだ。これまでは〈不快〉だったが、いまは〈不安〉に変わった。なぜか？　それはだな、とヘンクは思う。死への恐怖によるのだろう。夢は彼の〈一貫性のない我〉のきっぱりとした最終段階を示しているのだ。自分のものかどうか曖昧な家でのぼんやりとした移行、信頼できるかたちの喪失は、物質として湿った土にバラバラに崩れ落ちる体の予示であろう。

死への恐怖、ということだ。だがそれはヘンクの気に障る。死を怖れているわけではないからだ。正直言って、死への恐怖は子どもじみている。自らの死、死にゆくことを待ちわびているわけでは当然ない。だが、死んでいる、という状態はまったく怖くない。フレークに話したことがあるように、死んでしまえば自分が〈死んでいる〉と意識できるものはなにも残っていないのだ。なにを心配することがあろうか？ その哲学的な冷静さとは別に、ヘンクは死が祝福であるという確信を抱いていた。すべてのすばらしいものは「我々の誕生する湿った墓」（臨死体験を描いたメノ・ウィフマンの詩の引用）から来るのだ、と。それは〈物事の価値は制限——期間、大きさ、数——とともにある〉という、単純な経済的法則だ。有限であることが生命に価値をあたえる。それに——きげんのよいとき、彼はこう考えることがある——死は我々のもっとも忠実な仲間ではないか？ 生まれた瞬間から死はまるで影のように存在し、どんな境遇でも変わることなく、一歩ごと、一息ごとに我々のそばにいる。最終的に、最期の一息を我々の唇から取り去り、有限の命という贈り物を授けるために。

だから、自分の夢が死への恐怖のあらわれであるという解釈を、ヘンクはどうすればいいのだろう？ いや、なにもする必要はない。まったくもってない。彼は苛立ちを覚えて肩をすくめる。

夢は夢にすぎない、と彼は自らに言い聞かせる。眠たげな脳が反射的に、偶然あるものを組み立てた意味のない作り話……。夢は錯覚よりも悪い、意味のないものだ。いずれにしても、彼は死を怖れていない、ということだ。

いまヘンクはすっかり穏やかに眠っている。眼球ももう動かないし、痙攣《けいれん》も起きず、実に平和に。どうやら夢ももう見ていないようだ。口がぽかりと開いている。口の端からよだれが一筋、頬に流れている。ヒゲを剃っていないので、くすんだ色のベールが頬に広がり、よだれの筋がそのあいだを川のように流れる。砂漠で長い乾期のあと、モンスーンの到来を告げるように、ようやくためらいがちに流れる水のごとく(砂漠の雨がモンスーンで正しいかは定かでないが)。

もう一度、言おう。ヘンクがこの自分の姿を見ずに済むのは幸運だ。

三時ごろ、スフルクが目を覚ます。いつもどおり目を開き、頭を上げてヘンクを探す。ソファで寝ている姿が見える。安心して頭を下げ、またかごの縁にのせる。目は開いたままだ。穏やかそうに見えるが、スフルクのことをよく知る人には呼吸が少し速いのがわかる。その上、いつもは昼寝のあとにかならずすること——立ち上がり、水入れまで歩いていって大きな音で飲む——をしないのも、少し気がかりだ。呼吸が速いのも、いつもの行動を取らないのも、心不全のせいだ、と我々は知っている。心不全とは、血液が十分に循環していないことを意味する。それにより、肺の裏に水がたまり、息苦しくなる。それゆえ呼吸が速くなるのだ。心不全はまた全身のだるさも引き起こす。激しい呼吸のせいだけではなく、内臓と組織が十分な栄養と酸素を得られないためでもある。だからスフルクはかごで寝てばかりいるのだ。この兆候は心不全が急に悪化したことを意味するわけではないので、パニックに陥る必要はない。そんなに急には進まない。だがスフルクが薬を飲む時間ではあるので、ヘンクはもう目を覚ましたほうがよい。それに、午後の予定も詰まっている。薬の影響で、スフルクは排尿を抑えづらいので、散歩に連れていかなければならない。それから、五時ごろはじまる予定のフレークの家でのバーベキューに行く準備もしなくては。バスで行くので（飲酒できるように……そのような場をアルコールの守護神なしに堪え抜くのは無理だから）、あまりのんびりしている時間はない。

だからヘンクも目覚めてよかった。朝とはまったくちがう目覚めだ。〈意識〉はゆっくり歩いてくるのではなく、たちまち騒ぎたてながらヘンクの前に立つ。不快な暑さだ！　喉が渇いた！　スフルク！　心不全！　薬！　バーベキュー！　と。それは不快な目覚めで、騒ぎに急《せ》き立てられて起き上がり、ますますひどくなる。腰に刺すような痛みが走る。

「いてっ！」

彼は起こした体をソファに戻し、痛みが引くまで待つ。数分つづく痛みをヘンクはよく知っている。ヘルニアを患って以来、腰はウィークポイントなのだ。慎重に動かなくてはならない。脚を引き上げて、両肘をついて上半身を起こす。それから片脚をソファの横に下ろし、もう片方も下ろして、静かに体を回せば痛みなく座ることができる。座ると、スフルクの姿が見える。まだ彼のほうを見ている。

「おお、スフルク……」

スフルクはいつもどおり眉毛を持ち上げるが、ヘンクは呼吸が速いのに気づく。立ち上がって水入れを手にするものの、水分を控えるようにとのアドバイスを思い出し、半分水を捨ててリビングに戻り、かごのそばに置く。スフルクはありがたげに立ち上がり、水を飲む。その間に取ってきた薬を、スフルクは抵抗することなくさいごの水で流し込んで、ヘンクを見つめる。

「もうないよ」ヘンクは言う。「飲みすぎると心臓に悪いからね」

部屋のなかはひどい暑さだ。窓の外の光があまりにも強くて、道の向こうを見ることもままならない。表側の窓をひとつ開け、他の窓にはブラインドを下ろす。それから裏側のキッチンのドアを開けて、風が通るようにする。これで少しはましだ。冷蔵庫の前に立ったまま、大きなグラスに入れた冷たいカルネメルクを二杯飲む。これでさらに凌ぎやすくなる。ヘンクは深いため息をつく。よい方向に向かっている。スフルクはまだかごのなかで突っ立ったままだ。どうしたものか、というように。今日はいつもとちがうことが起こる、いつもどおりではない日だと自覚しているのかもしれない。ヘンクはそれを見て取り、スフルクが自分の決断を待っているのを理解するが、まだ決断できずにいる。三杯目のカルネメルクを注ぐが、一気飲みはせずに少しずつ飲む。あまりにも冷たいので、喉が麻痺したように感じる。今度はなにか食べる番だ。彼はあたりを見回す。リンゴがあったので、リンゴを食べる。ぼけていておいしくなかったので、一口食べて捨ててしまう。ではなにを食べよう？　彼は冷蔵庫を開け、チーズを取りだし一切れ切って食べる。すぐにこみ上げる罪悪感は、やはりリンゴを食べることにして誤魔化す。さっきのリンゴと同じくらい風味を欠いていたが、情緒的意味合いが変わったので、味や食感はもはや問題ではない。罪悪感の軽減が目的なので、芯に至るまで丸々一個食べる。教会のホスチア（聖体拝領に用いるパン）にも味はないではないか。

スフルクは座っている。ヘンクはスフルクの前にしゃがんで話しかける。

「愛しのスフルク、散歩に行くよ。長い散歩じゃなくて、ちょっと一回りするだけだ。おしっこできるようにね。おしっこはいつでもだいじだったけど、いまはますますだいじになったんだ。むくみを取るためにね。だから薬を飲んでるんだよ。呼吸がらくになるようにって。わかった？」

スフルクは反応しないが、ヘンクにはスフルクが理解しているのがわかる。もちろん、文字どおり彼の言葉を理解しているわけではないが、情緒的には理解している。ヘンクの言葉の響きは、彼が自身の行為の意味を理解していることを、スフルクに確信させる。それが肝心だ。ヘンクが飼い主で、飼い主は物事の基準なのだ。飼い主がやることとやらないこと、言うことと言わないこと、与えるものと受けるものが、飼い犬にこれからなにが起こるかわからせるよう、飼い犬の世界に枠組みを与える。スフルクはつまりなにが起こるかわかっていて、少し経って散歩に出ると、すぐさま街灯におしっこをする。おしっこをしながら、スフルクはヘンクを見上げる。

「おりこうだね、スフルク……」

災いが近づいているという感覚――すでに原子力災害がはじまっているが、まだこの街までは到達していない――は消えてなくなっている。道路と家々は猛暑に降伏し、あらゆる表現を失った。街はもはや野望を失くし、エネルギーも蒸発し、ただ単に存在している。わずか数分でヘンクは汗まみれになる。もう三度もおしっこをしたスフルクは舌をだらりと垂らしている。だがその色は今朝のように白くはなく、本来のピンク色なので、ヘンクを安堵させる。気づいていないが、ヘンクはほほ笑んでいる。子犬の頃のスフルクの舌を思い出しているからだ。柔らかくピンク色で、おしっこかうんちがしたくて朝早くに起こしにきたときの舌だ。ああ、あの子犬にどれほど心を奪われていただろう！　散歩をし、遊び、抱きしめていた。呼びかけると耳をはためかせ、開いた口からピンクの舌を出して、かわいい波が打ち寄せるように駆けてくるのを見ていた。ヘンクは恥じることなく黒い鼻に思いきりキスを浴びせた。絹のように柔らかな耳を指のあいだに滑らせた。耳のなかを見て、目の縁に固まった涙の痕を擦り取り、口を調べ、毛を押しやると現れるピンク色の肌からマダニを取った。彼らはいまでも親密な関係にある。すでに家の近くまで戻り、陰のある路地を歩きながら、ヘンクは思う。これほど自明の親密な関係を他の生きている存在ともったことがあるだろうか、と。否。人生で出会った女性たちとも、あらゆる状況のやむを得ぬ親密さとともに看護した何千もの患者たちとさえもなかった。自分がもし父親になっていたとしたら、そうではなかったはずだ、とヘンクは思う（その気づきとともに、いつもの陰鬱な気持ちが浮かんできて、それは罪悪感、自己嫌悪、存在していることへの疲弊といった要素に代わりうるが、いまはその話はやめておこう）。そう思うのはフレークのおかげだった。ヤンの死後、フレークと定期的に会っていたときにローザが生まれた。弟を迎えにいくと、赤ん坊の世話で大わらわなことがよくあって、その親密さがいつもヘンクの心に響いた。フレークが赤ん坊を抱いて歩き、揺らし、眠りに落ちるように小指をしゃぶらせる姿。遊んでやり、話しかけ、笑う様子。そして赤ん坊が父親を見るしぐさ。まだうまくフォーカスできず、発達した脳という〈バックオフィス〉も備わっていない目で、不安げに。それでも、その視線にはすでに、自分を抱いて歩き、抱きしめ、歌を歌い、おむつを替えてくれるのが誰なのか知りたい、という強い願いが現れていた。パパ！　ヘンクは父と娘を見るのが好きだったが、痛みを感じないわけではなかった。リディアのこと、彼女が子どもをほしがっていたこと、彼自身がほしがっていたこと、その願いが叶わなかった理由、それがなにを意味するかということも、考えざるを得なかった。

　フレークは赤ん坊を抱き上げ、頭の上まで持ち上げて回した。

「空飛ぶローザだ！」

　ローザが空を飛ぶ。赤ん坊、生まれて数ヵ月の命。表情が険しくなり、口が開き、目がぎゅっと閉じられる。恐怖からではなく、すぐにピカピカの笑顔になる前兆。

　ヘンクは玄関でスフルクの顔を両手で挟む。スフルクが彼を見つめる。目にはいつもの哀愁――犬の悲しみ、現実の状況（すべては過ぎ去る）への深い理解――が浮かんでいる。それが結局、〈抑制のない生気〉というカニス・ルプス・ファミリアリス（イヌの学名）の特徴の源だ。いつもどおりの長い口、柔らかな毛、黒い唇の温かさをヘンクは手で感じ取る。

「さあ、スフルク」と声に出して言うが、喉が詰まっている。突然、心不全という診断を理解し、自分を無力に感じ、砂が指のあいだをすり抜けるのを意識しているせいだ。つまりこの人生、この世界、この宇宙の設計が完全に無価値であるから。「家に戻ってきたよ……」

＊

ヘンクはシャワーを浴び、ヒゲを剃って、バーベキューパーティーに行く服に着替える。薄い色の麻のズボンと、少し着痩せして見える空色のシャツを選ぶ。そしてベッドルームの姿見で自分を見る。お決まりの手順で、左から右に回り、また戻る。手で頭を撫で、服をちょっと整える。考えてみれば奇妙な振る舞いだ。想定する他人の視線に合わせて服を着るが、その他人は実際には自分自身なのだから。つまり彼は数秒間、他人のふりをする自分に、自らのいちばんいい姿を見せているのだ。胸をはり、腹を引っこめ、あごを心もち上げる。数秒後には鏡から向きを変えてその〈他人〉を忘れ、自分のいちばんいい姿を自分に見せようとする緊張感を失くすことは、はっきり自覚している。それでもその行為をせずにはいられないのだ。二極のあいだに囚われているため——自覚はしているが、自覚に基づいて行動しない——ある種のぎこちなさ、羞恥心が生まれる。今日は目覚めの瞬間から感嘆符に満ちあふれた日なので、その感情は愚かであると同時に解放感のある行為を招く。鏡のなかの自分にむかって舌を突き出したのだ。相手は見事な模倣で同じことをして見せる。

出かける前に、彼はスフルクの頭にキスをする。見上げるスフルクがウィンクするような気がしたが、幸いそんなことはない。外に出ると、猛暑がすぐに彼の首の皮を摑む。かつて父がタイッセ公園などを散歩中に、木や植物、花などをヘンクに見せたいときにそうしたように。父親はかなり前に亡くなり、母親とともに埋葬されている。ヘンクは時折り墓参りをする。両親を思ってというよりも、自分もゆくゆくはそこに埋葬されるからだ。

「見て、スフルク、俺はここに埋葬されるんだ。いい場所だと思わない?」

スフルクが反応することはない。ここがどういう場所なのか、スフルクにはわからない。ほとんどの死者はすでに長いあいだ埋葬されているので、犬を動揺させたり興奮させたりする特殊な匂いは発していない。〈瞬間の鋲〉に繫がれて、スフルクはマルハナバチや蝶を目で追い、砂利の匂いを嗅ぎ、物思いに耽る飼い主のほうをたまに見上げる。飼い主が考えから出てきて犬の目に飛びこむと、自然と笑顔がこぼれる。生来の怠け者で、もっとも軽いかたちで生きる犬の姿に癒されて。墓地訪問のあと、ヘンクがかならず生気を取り戻せるのは、なんといってもスフルクのおかげなのだ。

バス停は徒歩約十分の距離の駅前にある。たいした距離ではないが、時間があまりないので速足で歩かざるをえない。猛暑の街を急いで歩くと、数分でふたたび汗びっしょりになる。それは大きな問題ではない。バスの車内はエアコンが効いていて、オアシスのような涼しさがヘンクを心地よくリラックスさせるからだ。座る前にバスが動き出し、ヘンクは座席にどすんと座る。それもまた楽しい。街をバスが抜けていくなか、彼の視線は少し角度が上向きになる。それはアムステルフェーンの子ども時代に彼が編み出した技だ。頭をほんの少しでも後ろに傾けると、ちがう世界が姿を見せる。三階と四階の世界、屋根と煙突、木の頂、スポルトラーン通りの回廊付きアパート、彼のはるか上を流れてゆくオランダの空——プラウメッセンラーンでなにが起ころうとおかまいなし、頭を上に向けている少年のことなど問題外——の世界だ。空間を感じ、身を任せたい自由と冒険を感じる。いま、バスのなかでも同じようなことが起こっている。彼は頭を少し後ろに倒し、グレーのファサード、自然石の窓枠、粘板岩の屋根瓦、木々の頂、聖ラウレンティウス教会の塔を見ている。もちろん空も見ている。空はいつでも見えるものだから。あらゆる様子の空を見るのが彼は大好きだ。とりわけ、季節の変わり目をしるしづけるような灰色と白、青、濃い紫の不協和音が。船、あるいはほつれた服、破裂した果実のような雲が漂っていく。くっきりしているかと思うと、水彩画のようににじむ線、灰色のスクリーンにクジラのヒゲのような線、雨……どれもすばらしい空で、ヘンクは干拓地でそんな空の下を歩くのが好きなのだ。すべてを忘れられるから——。

だがとにかく、今日は彼の人生の上空はしみひとつなく、七月らしい青い旗の生地のように広がっている。それもまたすばらしい。彼は安堵する。いつも空を見上げているとそうなる。安堵して、体のなかが広がるのを感じる。リラックスすると、世界はかなり大きく性質が変わる。いったん街を抜けると、近づく災いをほのめかすものはもはやなにもない。次の瞬間に世界を襲う原子力災害はない。ぞっとするような猛暑すらない。あるのはただ晴れた夏の景色のみ。いまの季節にぴったりの最高のオランダ。水路と牧場、ヤナギ、牛、ヒツジ、カイツブリ、タゲリの見える朗らかな景色。ちょうどアムステルダム・ライン運河沿いを走ると、ボートに乗った二人の金髪の少年まで見える。ボートは大きな内航船――アンドレアという名で、石炭をユトレヒトに運んでいるようだ――の船首波に踊っている。ヘンクは振り向いて、少年たちが立ち上がって両手を広げ、揺れるボートでバランスを取るのを見ている。これからなにが起こるかわかり、にやりと笑う。案の定、少年たちの一人がばしゃんと運河に落ちる。数秒後、水面に顔を出す。もう一人の少年も突然の動きのせいでボート内で倒れるが、すぐに起き上がって運河に落ちた少年に手を差し伸べる。

次の瞬間には少年たちは視野から消える。二人の様子を見るためにヘンクはぐっと後ろを向かなければならない。元どおりに向き直りながら、ある乗客の姿が目にはいる。見たことのある女性だが、すぐには誰なのかわからない。彼女もこちらを見ている。相手も、見覚えはあるが説明文が見つからないようだ。その結果、二人でしばし無表情で見つめ合うことになる。ちょうど停電したとき、なにもお知らせが貼られていないアパートの掲示板の前で茫然とするような無の顔で。その間もふさわしい表情ができるように、必死で情報を求めている。過去になにかでいっしょだったのか、あるいはスーパーか病院で会ったことがあるのか。ずいぶん時間がかかり、少し気まずくなる。そこで女性が笑顔で言う。「ワンちゃん、どうしてますか?」

なんと! 今朝、ごちゃごちゃした庭付きのハウスボートで出会った女性だ。親切にもスフルクに水を飲ませてくれた。あとから考えると適切ではなかったが、そのときのヘンクにはわからなかったし、ましてや彼女にわかるはずもない。彼女は彼の数席うしろの、通路の反対側の座席に座っている。

「元気にしてます。いや、元気とは言えないんですが。動物病院に行ったら心不全だと言われて」

「それは大変」

「そうなんです。もう心臓が完全にははたらかなくなってしまったってことですからね。血液の循環が不十分なんです」

スフルクの心臓。スフルクの血液循環。ただそれだけ。いや、そうじゃない、とヘンクは突如、決然として思う。まったくもって〈ただそれだけ〉ではない。まさにそこから冒険がはじまるのだ。作家たち、詩人たちがさまざまな表現をすると、その心臓が単なるポンプよりずっとすごいもの、広大な風景になるのだ。サスキアのような人間はいったいなんなんだ? あの想像力の欠如、歪み、真面目さにカモフラージュされた詩情のなさは。真面目さだと? 陳腐なだけだ。オランダらしい、冷えたジャガイモのようなつまらない文化……。ヘンクは突然、機嫌が悪くなりそうなほど危険な分量の怒りを感じている。いまはけっして機嫌を悪くするべきではない。機嫌が悪くなっても仕方ない言い訳はひとつもない。だから手遅れになる前にバスに乗ったときのリラックスした気持ちを思い出してよかった。それを保っていれば大丈夫。彼は両肩を落として両手をリラックスさせ、腹式呼吸をする。

「かわいいワンちゃん。きれいな犬ですね。なんていう品種？」

「コーイケルホンディエっていう、古いオランダの犬なんです。黄金時代の絵画にも描かれているんですよ。ヤン・ステーンの絵などに」

女性は今朝、彼が思ったよりも年配だ。目や声から見て取れる。自分の予測が当っているか、彼女の手を見てみようとするが、うまくいかない。いや、見えた。彼は席を立ち、彼女のとなりに座りにいく。

「離れていると話しづらいので」

彼女がほほ笑む。愛らしい顔立ちだ。手はたしかに思っていたより年配なのを証明している。どうやら彼と同年齢くらいのようだ。今朝と同じように彼女の匂いを嗅ぐ。ガラムマサラのようなスパイスの匂いがする。いい匂いだ。彼女はほんとうに魅力的で、なにか柔らかな、流動的なものをまとっていて、ヘンクがそれにもたれかかりたくなるような感じなのだ。彼女がおめかししていることに彼は気づく。すぐにわからなかったのはそのせいかもしれない。化粧が彼女を……どう変えているのか？　若くではないということだ。美しく？　それもちがう。生き生きと？　それだ、いっそう生き生きしている。彼女が楽しもうとしているのが明らかだ。輝きに満ち、楽しもうという決意にみなぎっている。友だちのところに行くところか、美術館かコンサートか、猫のショー、たとえトラクターの展示会であっても、とにかく彼女は楽しむだろう。だがいまは彼女の表情に陰りが見える。座席の上でもじもじしている。軽い気まずさが彼女の側に生じたことをヘンクは理解し、自分もそうなる。隣に座ってきたのになにも話さなければ、気まずくなるのは当然だ。なにか話さなければならない。ヘンクは考える間もなく突然、こう口にする。

「トラクターの展示会に行くんですか？」

「えっ？　ちがいます。なんでそう思ったの？」

「いや、わかりません。コーイケルホンディエはかつてカモをかご《コーイ》に追いやって捕まえるために飼われていたんです。コーイケル（カモ猟師）のホンディエ（犬）でコーイケルホンディエ、というわけ」

「お名前は？」

「スフルク。子犬のときにそういうあだ名になって、なぜかそのままそう呼ばれてます」

「そんなにいたずらだったの？」

「いや、ぜんぜん。子犬だったから。子犬は手に負えないものでしょう。靴やテーブルの脚を嚙んで、どこでもおかまいなしにおしっこやうんちをする。それで小さなスフルクと呼ばれるようになったけど、いたずらではなかったです。いつもかわいい奴でした」

「信じられないくらいかわいい目をしてるのよね」

それはほんとうだ。スフルクは世界中でいちばんかわいい目をしている。それは疑いのない事実だが、これまでヘンクは自分のみ（あるいはリディアと二人だけ）の事実だと思っていた。それゆえヘンクは、どう反応していいかわからずにいる。

「あなたは彼のことをとても愛しているのよね？」

これはいったい、なんて質問なんだ。あまりの単刀直入さ。いったいどう答えればいいのか。

「彼のことは他のいかなる存在よりも愛してます」

なんてこった。突然、なにが起こっているんだ？　誰、あるいはなにが彼のなかで話しはじめたのか？　彼にはその問いに答えているひまがない。

「そんなふうに献身的に愛せる人を見るのはいいものだわ」

ヘンクはなんと言えばいいのかわからず黙っている。隣の女性は個人的なことに踏み込みすぎ、近づきすぎだった。はじめて訪ねてきて、当然のように冷蔵庫を開けるみたいだ。まともでないのだろうか？

「わたし、ミアと言います」彼女は言う。

「ヘンクです」彼は言う。

「トラクターの展示会ではなくコンサートに行くところなの。ルーネン村の教会に弦楽四重奏を聴きに」

ヘンクはリラックスすること、その利点を思い出す。それによって世界がシンプルになり、生気が物事の中心となる。それがいかに本質的であるか。我々を生かしているのは飲食物よりも生気であるのだから。彼は深く腹式呼吸をし、ゆったりと座席に身を任す。

「スフルクは〈エリーゼのために〉が好きなんです」

「ほんとうに？　どうやってわかったの？」

「ぼくが〈エリーゼのために〉をかけるとおとなしく座っていて、頭をかしげて眉毛を上げるから。マーラーの〈亡き子をしのぶ歌〉のあるところに来ると同じ反応をします。ジョージ・ベイカー・セレクションの〈ウナ・パロマ・ブランカ〉でも。あの曲は特に最初から最後まで大好きなんです」

女性は吹き出す。笑い終わると、マーラーの一節を小声で正確に歌う。

「『いま晴れやかに日が昇る……』」

「そこではまだ反応しなくて、さいごの『幸いあれ！　幸いあれ！　この世を照らす喜びの光よ！』というところをいつも聴いてるんです。かならずこの歌詞のところを」

「音楽好きの犬だなんて、すごい……犬はみんな音楽が好きなのかしら？」

「ちがいます」ヘンクはきっぱりと言う。「スフルクだけです」

彼女がまた笑う。ヘンクもにやっと笑う。彼女はまともなのだ。ただ生命に満ちあふれているだけ。彼女はとても〈非サスキア〉的だ。〈非サスキア〉があまりにも希少になってしまい、ヘンクが慣れていないために、稀に出会うとまともかどうか疑ってしまうのかもしれない。

彼女はこう言う。「わたしも音楽を聴くときにはいつもとても静かに座っているけど、頭をかしげたり眉毛を上げたりはしてないと思う。あなたは？」

「わからないな。考えたことなかった」

バスがルーネンに入り、停留所が近づいてくると、会話が途切れる。二人とも、どう別れるべきか考えているせいかもしれない。この会話のあとの関係性はどう位置づけられ、それに基づく正しい別れ方はどんなふうであるのか、と。社会的にふさわしいコードを選ぶのが肝心だ。そのコード次第で、関係性の評価が暗に下されることになる。その評価は将来のあらゆる可能性と不可能性を含んでいる。それゆえヘンクは必死に考える。ぜひとも彼女にまた会いたいからだ。彼女をかわいく、ユーモアがあって、魅力的だと感じている。そんなことがどれくらい頻繁にあるだろう？　問題は当然、彼女のほうでもまた彼に会いたいと思っているか、ということだ。ヘンクがその判断を誤り、誤ったコードを選ぶと、彼女を遠ざけて二度と会えなくなってしまう危険がある。スペクトラムの幅は広い。彼は彼女に自分の望むがままにキスをすることもできる。だがおそらく彼女はそれにネガティブな反応を示すだろう。スペクトラムの反対側を選び、敬礼をしてみせたら、やはり同じくらい彼女を遠ざけることになる。その両極のあいだのどこに正しいコードはあるのだろう？　握手をする？　握手をするとしたら、もう片方の手を彼女の手にのせる？　ハグをする？　電話番号を教える？　また会おうと提案する？　今夜遅く、たとえば十時ごろにバーで会う約束をする？　可能性は無限だ！　ヘンクを少しでも知っている人なら、彼の脳がフル回転しているのが見てとれる。目に落ち着きがない。眉毛が動いている。指を組み、両親指の先を押し付け合う。まるで親指をひしゃげさせるかのように。

バスが停留所に停まる。女性が前の座席のシートに手を置いて、座席から立ち上がる。

「降りなきゃ」

ヘンクは慌てて立ち上がり、慌てたまま通路を一歩後退する。自分の考えに駆り立てられ、焦り、女性が座席を離れて通路に立ったことで急激に高まる緊張感とともに。もう乗降口に向かおうとする。間に合わない！　いや、待て、彼女が振り向く。ほほ笑んで彼を見る。なんとも愛らしい笑み、温かく生き生きとして、ほんとうにとてつもなく愛らしい。そして手を彼の胸に当てる。多くの男性がネクタイをしているあたり。ヘンクはネクタイを締めることはほぼない。

「さよなら、すてきなヘンク。わたしからってスフルクにハグしてくれる？」

そして彼女はいなくなる。バスを降り、進行方向の反対に歩いて小道に姿を消す。バスが動きはじめてもヘンクはまだ通路に立っている。そのときになってはじめて、左腕を前に伸ばしているのを見る。いったいなぜ、自分が知らないうちに腕を伸ばせたのかはまったくの謎だが、事実は事実。彼の左腕は伸ばされていて、その事実は彼が女性が行ってしまうのを遮ろうとした、と想像する以外、説明がつかない。だがそうだとしたら――彼はすぐに気づく――彼は失敗したことになる。彼は彼女を遮らなかった。それどころか、一言も発しなかった。彼女に好意を感じていることをまったく示さなかった。電話番号を教えたり、ぜひともまた会いたいと囁くなど、できるはずもない。
失敗した、とさえ言えない。彼は絶望的なまでに無力だった。五十六歳なのに内気な少年のように振る舞ったのだ。その自覚とともに彼はふたたび、打ちのめされてゆっくりと座席に座る。隣の座席を宇宙よりも空っぽに感じつつ。

*

つまりは塵ということか？　そう、塵だ。ただ単に塵？　そう、ただ単に塵だ。だが、すばらしい塵だ！　詩的な塵……。だって、ほら見たまえ。あの塵がバスの座席にぼんやりと口のまわりにほほ笑みを浮かべて座っている様子を。敗北は、はじまったばかりの〈恋〉という粉砂糖にやさしく覆われ、数分で忘れ去られた。恋をするという不思議な能力が塵に備わっているというのは、詩である。少しそれについて考えてみよう。塵が恋をする……それは一つの変換にすぎない。同じように容易に、その塵は美しさ、喜び、善良、名誉、公平、理解、知識、合理性、数学、そして素粒子物理学の標準模型にもなる。すばらしいことではないか？　そうとも、ヘンクはそれをすばらしいと思っている。
標準模型に関して――ヒッグス粒子の発見によって模型は完成し、それは地球のあらゆる現実を解明する、ということを最近ヘンクは理解した。地上で我々の知るすべては、粒子という言葉で説明することができる。実際にすべてを説明するのは到底無理だが、原則的には可能だ。それが彼を興奮させる。すべて！　なんと壮大な！　まず大爆発と素粒子の魔法の箱がある。その後、星、銀河、そして地球を含む天体が形成される。プレート、最初の生命の形成がそれにつづく。それから複雑型細胞、性、ホモ・サピエンス。それからさらに炭鉱、車、致死的な交通事故。身近な人の死、喪、生きる喜びの再発見。哲学、芸術、科学。驚異的なのは、あらゆる段階でそれ以前の段階が省略されることなく有効でありつづける！　ということだ。チェスに喩えることができる。素粒子が駒で、標準模型がルールを定める。それをもとに、無限の、いや、無限ではないが驚くほどに多様な対戦が可能だ。カタラン・オープニング、グリュンフェルト・ディフェンス、よい対戦、悪い対戦、室内または屋外での対戦、北半球または南半球での対戦、よい性格の人どうしの対戦、機嫌の悪い人どうしの対戦等々、ほぼ無限の多様性があり、ルールに反することはけっしてない。

詩的な塵……我々がバスのなかで見る、詩の最初の行はヘンクの顔に浮かぶぼんやりとしたほほ笑みだ。二行目は、目に見えないが彼の踊る心にあふれる大いなる喜び。三行目は彼の目の前に現れるミアのイメージ。記憶から貪欲に呼び起こしたイメージを詳しく調べる。それによって、まだ新たな発見がある。赤いワンピースを着ていて、とてもよく似合っていたとか（四行目）、エレガントなサンダルから長くすらっとした足が見えていたとか（五行目）、頬に女性らしい柔らかな産毛がはえていたとか（六行目）、ト音記号の形のピアスをしていたとか（七行目）、ガラムマサラの魅惑的な匂いがしたとか（八行目）……。

九行目は、バスを乗り過ごしたこと。フレーラント村を通過し、州道をヒルフェルスム方向に走りだして、ようやく彼は自分の過ちに気づき「停めてください！」と叫ぶ。運転手はなんと親切にも停留所でないのに停まり、彼を降ろしてくれる。彼はUターンして村に入る。またすぐに汗をかきはじめるが、気分が損なわれることはない。彼は快活に歩く。その姿はまさに若者のようだ。右手には素粒子物理学の標準模型の公式でプリントされ、中にはフレークとユリアのワインとローザの本の入ったコットンのバッグをさげている。スポールラーン通りを歩いて、楽しげに遊覧船が往き交うフェヒト川まで来ると道を渡り、右折してフォールストラート通りに入る。フレークの家は一見したところ狭そうだが、なかに入ると驚くほど広く、奥には広々とした庭まである。ヘンクはベルを鳴らし、このような機会にはいつも襲われる混乱を感じる。あらゆる動き、あらゆる体（思っていたよりも多い）、知っている顔と見たことのない顔、全体を摑めないインフラストラクチャー。どこに立ち、どこに座り、どこでドリンクをもらえるか……ああ、ありがとう。プロセッコ、いいですね。それにしてもローザはどこだ？　いた！　こちらに来る。

「おじさん！」

姪は輝いており、その輝きはひとえに彼女の若さによるものだ。潑溂として、純粋で、穢れがない。彼女は陽気だ。太陽が彼女を探し、彼女が輝くように照らす。ハグをされると、柑橘類の匂いがする。香水ではなく彼女の肌独自の匂い。彼女は十七歳で、その若さゆえ、世界に怖れるものがない――幸い、彼女はそのことに気づいていないけれど。彼は強すぎないよう気をつけてハグをする。

「いい匂い」彼女が言う。

「汗の？」

「ちがうよ。いい匂いって言ったでしょ？　インドネシア料理みたいな。新しいアフターシェーブ？」

彼らは庭に出る。奥のヤナギの枝の垣根のところからバーベキューの煙が出ている。紺のエプロン姿のフレークがそこに立って、炭バサミで木炭の山に火を起こしている。

「おっ、兄貴じゃないか」

フレークは、まるでその言葉に冗談が隠れているかのように、笑みを浮かべてゆっくりと言う。もしかしたらそうなのかもしれないが、ヘンクにはわからないままだろう。

「もう俺のバースデー娘を見つけたようだね」

「彼女が俺を見つけたんだよ……似合うじゃないか、そのエプロン」

「ありがとう。なんて書いてあるか見た？」

彼はヘンクのほうを向いて、紺の布地を少し広げてみせる。〈ミスター・グッド・ルッキン・イズ・クッキン〉。ヘンクはにやっと笑い、バッグからワインを出して弟に渡す。フレークはすぐにラベルをじっくりと見はじめる。老眼鏡が手元にないので、ボトルを離してもっている。読むのに緊張が伴う。それによって上唇を上げるようにするので、ウサギのようなコミカルな表情になる。

「悪くないね」ヘンクを見つめてフレークは言う。老眼鏡をかけていないのに、まるで半月形の老眼鏡越しに見るような顔で。「かなり上等だね……ありがとう」

彼は庭を眺め渡し、トロフィーのようにボトルを持ち上げる。

「ユリア、見て！ 上等なメドック。ヘンクから」

ユリアは手を振って、会話をつづける。相手は腹の部分にスパンコールのついた丈の短い黒のワンピース姿の、がっちりした体形の女性だ。肩に赤い布を纏っている。ここから少し離れたところにアトリエをもつその陶芸家をヘンクは覚えていた。名前はジャネット、いや、フレデリック、いや、ソンヤ、いや、なんでもいい。様式化した女性の体、母なる大地のイメージの花瓶を造っている、とヘンクは理解している。かつて彼女はヘンクに、末期疾患のような、堪えがたく致命的な会話――つまり、もう二度と言葉は交わさないとヘンクに決心させた――のなかでそう説明したのだ。なぜフレークとユリアがこれほど親しく彼女とつきあうのか、ヘンクにはまったくの謎だ。

「おいで」ヘンクはローザに言う。「きみにももってきたものがあるんだ」

二人は家のなかに入り、キッチンのダイニングテーブルに静けさを見いだす。ローザがラッピングをはがして本を見る。

「ありがとう。どんな話なの？」

「大人になる……なんていうんだっけ？　まさに大人の入り口に立つ少年の話。ちょっと深刻に聞こえるけど」

「カミング・オブ・エイジ、青春もの？」

「ああ、それだよ。とにかくだな、少年が学校で女の子に恋をして、その子がローザという名前だから、急にこの本のことを思い出したんだよ。でもこれを買った理由は、俺がきみくらいの年齢だったときに読んだからなんだ。俺はすばらしいと思ったから、きみがどう思うか、ぜひ知りたいと思って」

　彼は物語について話す。靴屋の一家の貧しさや、十九世紀末のアムステルダムについて。ケースという夢見がちな少年について。前に倒れそうになりながら同時に両腕を振る〈水泳歩き〉について。とても速く歩けて、長時間、ほとんど苦もなくつづけられる。いちばんのお気に入りのラストシーンは詳しく描いてみせる。ケースは放課後、ローザに会うことを願って道を行ったり来たりする。もちろんそのとおりになる。ローザはケースほどシャイではない。数歩歩くあいだに彼の腕を取って、彼の肩に頭をのせまでする。ケースが勇気を出して彼女の手を握り、二人は歩幅を合わせてしばし歩く。そこでケースが彼女に話す。学校をやめ、最年少の事務員として事務所で働くことにした、と。今度の月曜にはもう仕事をはじめるが、将来の展望は明るい。読者には、それが彼の望みでないことはわかっている。勉強をつづけたくてたまらないが、家族には彼の稼ぎが必要なのだ。ケースはつまり強がっているのだが、まだ明らかに子どもである少年がほぼ大人のように振る舞う、というのがおそらくすべてのカミング・オブ・エイジの物語の本質だろう。外から見るとケースは勇敢に受け容れているようだが、心のなかでは午後じゅうずっと漠然とした愁いを感じていて、時折り泣き出しそうになっていた。ローザはそれを見ていた。彼女はケースに、彼がどんなに悲しんでいるか気づいていたと話す。教室でその日、静かに泣いているのを見た、と。それから彼女はがばりと抱きついてキスをする。頬の、口の横に二回、三回。ケース、すてきだね！ と言って。そして彼から離れ、踵《きびす》を返してその場を立ち去る。後ろ姿を見送るケースは同時に笑い、泣いている。

「そこで」ヘンクは言う。「ラストシーンになる。いまでも読むたびに涙ぐんでしまうんだ。ローザは走って行ってしまった。ケースは静かで暗い運河を渡って家に戻る。彼には喜びの、響き渡るような音楽が聴こえる……そう本に書いてある。そして彼が軍の司令官のように誇り高く、自信に満ち、しあわせに感じている、と。これも書いてある。最後の文はこんなふう——ちょっと本を貸して。ここだ、聴いて。『彼とすれちがう人たちは知らない。あそこを歩いている少年は、いま自分の道を歩みはじめたのだから、この先なんでもできるであろうことを。皆はなんの歴史ももたないただの少年が歩いているだけだと思っている』。これは……実に……ぼくには……」

「おじさんったら」

「すまん……」

大きくて不器用なヘンクと若くて輝くローザはそうしてそこに座っている。彼女が彼の腕に手を置く。

「明日からさっそく読んでみる」

ヘンクは頷く。なぜこの本の著者、タイッセンの言葉がこれほど強く響くのか、考える。いまここで、すすり泣くにはまったくふさわしくない、この成功した裕福な家で。年を取ってきたからだ。そうだ。年を取ってセンチメンタルになっているせいだ。ローザの見事な若さによって、彼の年齢が偽りなく見えすぎるのだ。年を取ってきた？ いや、もう年なのだ。彼の人生の大部分は過ぎ去った。消え失せたのだ。運がよければ（そしてダイエットをすれば）、あと二十五年は生きられるだろう。二十五年！

ローザが渡してくれたティッシュペーパーでぼんやりと目頭を押さえるヘンクは、突然、次の、もっとずっと励みになる考えに夢中になる。余命の見積もりにインスピレーションを得たのだ。あと二十五年ほどしかないとしたら、一秒たりとも無駄にはできない！ 人生をしっかりと摑み、離さないようにしなくては！ ヘンクはエネルギーが全身に満ちあふれるのを感じる。立ち上がって皆と握手をしたい気分になるが、そうはしない。鼻をかみ、姪にほほ笑みかける。彼は安堵とともに思う。一秒たりとも無駄にはできない、と。人生をしっかりと摑み、離さないように。

そしてこう思う。あとでミアの家に行こう……。

ユリアが羨むばかりのさりげなさで客をもてなしながら、キッチンに入ってくる。汗をかいたプロセッコのボトルを見せ、ヘンクに言う。

「ヘンク、いらっしゃい。もうちょっとどう？」

そして彼女にキスをしよう……。

「そうだ、メドックをありがとう。二人とも大好きなの。はい、どうぞ……」

そして彼女の服を脱がせて……。

「ねえ、みんなにこのスパークリングワインを注いでまわるけど、それが終わったらあなたがどうしてるか、くわしく聞かせてね。約束よ」

彼女に押し入って……。

なんだって⁉ 彼は仰天して椅子をがたっと後ろにずらす。椅子はシンクにぶつかり、いくつか置かれていたグラスが音をたてる。一瞬、小さな不幸の気配がする。グラスが落ち、人々の頭がこちらに向けられ、気の利く人がほうきとちりとりをもって駆けつける――だがグラスは平然と立ちつづけ、実際にはなにも起こらない。

「行こう」ローザがヘンクの腕をつかんで庭に出る。そこここで彼女は彼を誰かに紹介する。彼は話し、頷く。ＩＣＵの看護師。いや、それほど大変ではないです。苦しみは結局のところどこにでもあるものですから。あなたは？ リクルーター。なるほど。彼は飲む。ローザはどこかに行ってしまう。彼はさまよう。陶芸家が目にはいる。彼は姿をくらます。太陽は沈むが、暑さはほとんど変わらない。フレークがバーベキューの煙のなかで動いている。ＩＣＵ看護師です。いや、ぜんぜん大変じゃないです。ほとんどの人は入院期間を生きのびて、家に戻ってから亡くなるので。あはは。フレークが彼の手に肉ののったプラスチックの皿を押しつける。彼は食べ、飲み、さまよう。あそこにローザがいる。彼女は手を振る。彼は手を振り返す。彼女は輝いている。彼は孤独を感じる。彼はユリアにぶつかる。彼女は職場での問題について話すが、話の途中でいなくなる。彼はまた少し飲む。彼はすごくたくさん飲む。ＩＣＵ看護師？　いや、リクルーターです。彼はさまよう。また陶芸家の姿が見えるが、彼の意識はまだ十分しっかりしていて、客たちのあいだをジグザグと敏捷に通り抜け、立ち去る。家のなかにはいって人気のないリビングに避難し、もっと飲む。

ああ、そうだ、とヘンクは考える。アルコールが彼の血液中で腰を振り、道を探しているあいだに。これだけはまちがいない。

彼女に押し入るのだ。

＊

「ねえ、勘ちがいかもしれないけど、あなたに避けられてる気がするんだけど……」

もう一度、言おう。フレークとユリアがこの陶芸家と仲がいいのはほんとうに謎でしかない。彼女は週に二、三回、食事に来るし、少なくとも三つは彼女の醜い花瓶が飾られている。フランスの別荘にも定期的にいっしょに行く。彼女が敷地内でエプロン以外は真っ裸で創作している、とヘンクはローザから聞いたことがある。かなり巨大な真っ白な尻がろくろを回す足の動きにつれてぷるぷると震える様子を、ローザはクスクス笑いながら話して聞かせた。いま目の前に彼女――ほぼ彼女とおなじ背の高さで、丸みを帯びた腹部に悪趣味なスパンコールのついた黒のワンピース姿で、女の子がするように腰の片方に重心をかけて手をあてている――が立ちはだかると、真っ白な尻が頭に浮かび、ぷるぷる震えるイメージが忠告のようだ。フレークはこの陶芸家に恋をしているのだろうか？　あるいはユリアが？　三人はなんらかの――嫌悪の深みに落ちることなくヘンクは言葉にできるだろうか――性的な関係をもっているのだろうか？

「フレークのお兄さんはお元気かしら？」

「兄なら死んでます」

彼がなにを言おうが関係ない。彼女はすぐに自分の話をはじめるだろう。あのひどい花瓶について話しはじめて、やめることはないだろう。彼が彼女を殴り殺すまで。失礼、彼がなんとか礼儀正しいつきあいの範疇《はんちゅう》におさまる弁解をして逃げ去るまで。

「あなた、酔っ払ってるの？」

そう訊きながら彼女の目が細くなり、かなり肉づきのよい顔全体に不信感が浮かぶのが、ヘンクにはたまらなく愉快だ。突然、彼はどうすれば有益な、いや、楽しい（と言っておこう）会話が成立するか、理解する。彼が混乱を起こせばいいのだ。ふつうどおりの、礼儀正しい、場にふさわしい、理性的な、型どおりの、社会的な、受け入れられる域をちょっとだけはずれた言葉を選べばいいのだ。彼女が困り、ふさわしい表情を探しても見つからず、顔の肉が次から次へと異なる表情に歪むように。さいごには疲れて表現のリンボーダンスの状態となり、あらゆる表情が消され、かつて最初の人間が周りを見回したときの啞然とした表情がかろうじて残るまで。だがそれには遅すぎた。

「最近は絵を描いてるの。裸体を。変なのじゃなくて、趣味のいいものをね。あなたにモデルをお願いしたいの。あなたはそういうことにオープンだってフレークに聞いたから」

あの野郎。彼の視線は開いているスライドドアから庭を見る。まだ奥に、夜めいてきた空に立ち昇るバーベキューの煙が見えている。フレークの姿は見えないが、ローザは見える。背の高い痩せた男の子の腰に腕をまわしてもたれかかっている。空いている腕で身振りを交え、慌ただしく喋っている。ヘンクを見つけて手を振る。彼も振り返す。ローザはもう一度、ヘンクをよく見てにやっとすると、ふざけて自分の尻を叩いてみせる。

「一度、アトリエに来てくれたら、作品をお見せできるわ。アトリエがどこにあるか、ご存じ？この通りをまっすぐ行って……そうだ、いまからいらっしゃらない？　二分ほどで着くから……」

ヘンクはいま素早く決然と対処しなければならない。陶芸家はまだ腰の片方に重心をかけて彼の前に立っているが、彼女の体はいまにも彼の前を歩いてアトリエに向かおうとしているように見える。それだけは断じて防がなければならない。如何なる条件をもってしても、現在の状況が陶芸家と二人きりに変わってはならない。

だから彼は言う。「いや、それは無理です。まだローザと話がしたいから。フレークとも。それに今夜はもうひとつ約束があるんです。特別に魅力的な女性と。それにトイレにも行かなきゃ。失礼」

そして彼は立ち去る！　必要とあらばヘンクは素早いのだ。敏捷で優秀なスポーツ選手。もう廊下に出てトイレの前に立っている。だが階段が目に入り、二階のトイレのほうがずっと安全であるように思え、階段を上がる。まだ敏捷に一段抜かしで。踊り場を通り、あそこがトイレ、そう、ここだ。彼はドアの鍵を閉める。これで安全だ。酔っていて、少し眩暈《めまい》さえするので、便座の蓋の上に座る。その姿勢のせいか、ほんとうに尿意があることを感じた彼はふたたび立ち上がる。蓋を開けてズボンを下ろし、座る。長時間、我慢していたせいで膀胱がひきつり、尿がちょろちょろとしか出てこない。ここ数年、たまに前立腺肥大が心配になる症状だが、それでも彼は排尿し、流れは徐々に力強くなってきたので安心できる。こうして座っていると、どれほど疲れているかがわかる。彼は頭を両手にのせて目を閉じる。これは気持ちがいい。少しずつ、陶芸家との会話中に大きくなった緊張感が弱まっていくと同時に、バスのなかで感じたリラックスした気分を思い出す。涼しく、静かでシンプルな安らぎは世界を輝かせ、さいごには彼にミアをもたらした。彼女はどこにいるのだろう？　コンサートは終わっただろうか？　いいコンサートだったのか？　彼のことを考えただろうか？　まだいい匂いだろうか？　なにか食べただろうか？　食べたとしたら、なにを？　夜の光がどれほど美しいか、見ているだろうか？　彼はスマートフォンを取り出し、彼女が彼に魔法でメッセージを送っていることを願って画面を見る。あとでなにか飲みに行きませんか？　ぜひ。それから家に帰っていっしょに寝ましょう。ぼくがあなたに押し入ることができるように。

おお、ヘンクじゃないか。手を洗いながら、彼は自分を見つめる。これが俺だ、と彼は思う。まちがいない。

ふたたび踊り場に立つと、バーベキューの音が聞こえてくる。開いている屋根窓から、彼は庭を見下ろす。エプロン姿のまま、立って会話をするフレークが見える。プラスチック皿から食べながら、このような機会によく見られる動きをしている。いまにもフォークから落ちそうな肉を口で受けるために、素早く前屈みになる、という動きだ。肉をフォークで突き刺すとプラスチック皿がへしゃげてしっかり刺さらないため、口にもっていく途中で落ちそうになるのだ。草の上に落ちるかと思いきや、うまく食べられる。フレークは体を起こし、噛み、頷いて、手の甲で口を拭う。慌てて肉を口に入れたため、ソースが唇についてしまったのだ。フレークはヤンに似ている——ヘンクがそう見てとるのははじめてのことではない。背が高く痩せていて、軽やか。ヤンは不法占拠者の住む建物で亡くなった。痩せて骨と皮になり、病を患い、絶望して、独りぼっちで、壊れて。彼の死はまわりのほぼ全員にとって安堵を意味した。それが何十年もつづいた苦しみ、悲惨さの終わり——ヤン自身のみならず、彼と接点のあるすべての人にとっての——を意味していたからだ。精神病、ドラッグ、盗み、嘘、暴力、悪くなるばかりの健康状態、自殺の試み、薬の過剰摂取……いや、このような人生についてふたたび詳しく描写をする理由はない。これまで十分すぎるくらい、されてきたことだから。肝心なのは、完全なる安堵は想像とちがっているということだ。ヤンの死後数ヵ月間に、ヘンクとフレークが互いによりどころを求めたのは、二人が安堵を感じなかったからだ。周りの皆が安堵のため息をつくのが彼らにはよけいに苦痛だった。ヤンの死後、数日、数週間の平穏と受容の空気——抵抗や怒り、このような運命のありえない残酷さを訴えようとするけたたましい音がまったく存在しないことが。ヘンクとフレークは悲しんでいた。兄を亡くしたのだから。

フレークが客の合間を縫ってジグザグに歩き、バーベキューグリルまで戻っていくのが見える。あっちで誰かの肩に手をあてたかと思うと、こっちで気の利いた言葉をかける。その様子はまるで政治家が嘘を一発かますために、自分の支持者のあいだを通って演台に向かっているようだ。陶芸家はテラスから追跡している。ヘンクはちょうど政治家のことを考えていたため、今度は〈タクシードライバー〉のことを考えはじめる。トラヴィスのことだ。モヒカン刈りにして、ピストルを内ポケットに忍ばせ、こわばった笑みを浮かべて大統領候補のところに向かう姿。彼の嘘を永遠に破壊するために。それによって庭の光景が突然、緊迫したものとなる。フレークはバーベキューグリルに向かって歩き、陶芸家がそれを追う。フレーク同様、客の合間を縫ってジグザグに歩くが、彼女の愛人かもしれない男を見つめてロボットのように動く（あるいは、彼女とユリアが関係をもったら見ている男かも……こら、変なことを考えるな）。事件はおこらない。陶芸家は突然、庭の真ん中に集まる少人数の人たちに迎えられる。まるで精子が卵子に着床するように。そして突然、ほんとうに命が生じたかのごとく生き生きと話しだす。二メートルほど離れたところでは、フレークがすでに新しい肉の一団をグリルにのせ終えている。網の上の肉に夢中で、自分が危険を逃れたことを知らずに。

彼らの兄。ヤンの話をするときには、落ちぶれていくところを皆に見られていたヤンではなく、かつて十三、四歳のころ、自分たちの兄であったヤンのことを話した。たとえばデ・プール湖で古いドアを筏にして乗ろうとしたときのこと。ヘンクとフレークは怖れ、心配しながらも兄を誇りに思い、岸から見ていた。氷のように冷たい水に落ち、水面に浮かび上がると、ヤンはふたたびドアの上にはい上がり、じめじめした岸で怖そうにしている二人の弟ににやりと笑ってみせた。ヤンが亡くなる何年も前に両親は亡くなっていた。友人たちはずっと前に疎遠になっていた。もはや誰も彼のことを誇りとともに思い出す人はいなかった。ヘンクとフレーク、二人の弟だけだった。おそらくその誇り、いまなお呼び起こすことのできる兄貴という感覚が、彼らに安堵を拒絶させ、悲しむことを可能にし、互いに寄り添わせたのだろう。そして、まだ屋根窓のところに立って、考えに耽り、見るとはなしに庭を見ているヘンクは、今朝フレークとの電話のあとに感じたことをあらたに感じている。すなわち、もっと弟と仲良くしたい、もっと弟を好きでいたい、という願い。それから、二人が疎遠になっていく瞬間まで時間を巻き戻して、その時点で介入し、別の、もっとよい選択をする必要性。それによっていまここで、こんなことを考えながら立ち尽くしていたりしなくていいように。

*

彼はローザの部屋に迷いこんでいる。どのように、なぜ、というのははっきりしない。彼は階下に戻ったのか？　ワインをもってきた？　たしかに。ワインがなみなみと注がれたグラスを手にもっており、足元にはほとんど減っていないワインのボトルが置かれている。でもなぜ彼はふたたび二階に戻り、ローザの部屋のドアを開けて彼女のベッドに座っているのか？　ヘンクにはわからないし、知りたいとも思わない。彼はローザのベッドに座ってワインを飲んでいる。それだけだ。ワインは自分がフレークにプレゼントしたメドックで、天板の上に置いてあるのを見つけて栓を開け、上に持ってきた――これで我々にも状況が明らかだ。幸い、文句なしのワインだ。

高いワインを買って、おいしく飲めないのは気が滅入るものだから。彼はグラスを鼻に近づけて匂いを嗅ぐ。ちょっとサクランボの、そしてかすかなバラの匂い。フレークはその種のことを照れずに口にする。あの恥じらいの欠如とそこに生じる自由さ、ゆとりは羨ましいほどだ。それは彼の動きに現れている。あの軽やかさ、飄々《ひょうひょう》とした感じ。

彼は疲れている。ワインを口にふくむ。美味い。ちょっといやらしいことを考える。いま一度、考えてみるにはいい瞬間だ。フレークとユリアと陶芸家のあいだに性的な関係は存在するのか、と。もっとずばりと言おう。彼らはセックスをしているのか？　いや、もっとずばりと言えばこうだ。フレークはフランスの別荘の敷地で彼女に忍び寄り——すでに勃起をして——、あのぷるぷる震える尻を摑まえて……。

いや、話題を変えよう。ワインをさらに飲む。ローザにあげた本が机に置かれているのが見える。机の上はごった返している。ローザの部屋自体がごちゃごちゃだ。それは彼女のなにを示しているだろう？　リディアの机と仕事部屋はいつもありえないほど散らかっていた。時折り彼女は片づけようと試みたが、うまくいかなかった。いつもかならずシステム作りにのめり込んでしまうからだ。もっている本と書類（ポケットティッシュやチューインガム、デンタルフロス、鎮痛剤、生理ナプキン等々も）をすべて仕舞える書類保管箱、ファイル、棚による完璧な秩序を考えるだけで終わってしまった。そのようなシステムは存在しないのだ。世界はいつでも細々としたもの、さいごに残った分類できない物の山をそのままにしておく、という苛立たしい習慣をもっている。それらは仕方なく〈雑多なもの〉として仕舞わざるをえない。雑多なもの、というその認識が我々の現実について多くを語っている。細々としたものはエントロピーが増大する熱力学第二法則に起因する、とヘンクは理解している。完全に正常であるばかりか必要でさえあるが、困った状況ではある。リディアは幸い、長く悩むことはなかった。ふたたび仕事に戻り、散らかりようはますますひどくなっていった。ローザの部屋の散らかり具合は、まあ十七歳なのだから当然だ。

こうしてヘンクの考えは、系統もコンテクストもなく、特に興味深いものもなく、あちこちさまよっている。血液中のアルコール濃度がかなり高いためだ。その間に彼の視線はローザの机の上の棚にある置き物を捉えた。だが彼はそのことをはっきりと意識していない。置き物は美しいかたちをしていて、木と縄からできている。ちょうど陽光が少し当たっているために、いまにも動きだしそうに見える。

木製の馬！　ヘンクはワイングラスを置いてがばりと立ち上がり、棚から馬を取って、見て、抱きしめたい気持ちを抑えている。それほど彼はこの失われた想像上の置き物が突如実際に存在していたことが嬉しく、しあわせで、感動している。それも彼のすばらしい姪、ローザのところに。ああ、見たまえ、やはりこうなるのだ。彼は馬を抱きしめている。自らの大きな胸に押しあて、両目を閉じ、心を動かす木製の馬をハグしている。

ヘンクの喜びがとてつもなく大きいのはアルコールのせいばかりではない。馬はぞんざいに捨てられたのではなく、保管されていた。それもローザに。姪が時折り注意深く見ているのはまちがいない。それは彼女の助けになるだろう。よく見ることによって彼女は、自分で作った、自分がそのなかで動く物語を、現実としっかり結びつけるだろう。それによって彼女はその物語が漂い、適当にぷかぷか浮かび、さいごには幻想になってしまうのを防ぐだろう。よく見ることはリアリティチェックになる。だがヘンクにとってはそれだけではない。それは清廉さ、知的な正直さに関わる。真実は重要であり、真実を突き止める努力は尊い、と彼は思っている。すなわち、時折りすべての物語を超えてよく見ること、実際にはなにが見えるか注意して見ることは、尊いことなのだ。たとえば、このようなことが見てとれる。この馬は軽い種類の木でできていて――梨かもしれない――、側面がくぼんでおり、その傷は注意深く見ると曖昧ではあるが確かな同情の気持ちを呼び起こす。たてがみはほぐした縄を房にして、首に開けられた小さな穴に付けられている。二つの穴にはもう縄が付いていない。しっぽは編まれているが、毛先はほつれていて、たてがみと同じくらいふわっとしている。

「なにしてんの?」

ローザがドアのところに立っている。楽しそうな表情を浮かべて。ヘンクが彼女のプライベートな空間に侵入していることに、驚いたり苛立ったりはしていないようだ。この光景を可笑しく思っている(たしかに可笑しな光景なのだから)。その上、彼女はほろ酔いだ。彼女は――当然、父親に見られないように密かに――グラスに二杯ほどワインを飲み、アルコールの魅惑的な酔い

――ゆったり、軽く、シンプルな気分――を感じている。それゆえ大好きな伯父が木製の馬を胸に押しあてている可笑しな光景しか見ていない。

「おじさん、自分がとってもしあわせそうだってわかってる？」

ヘンクも酔っている。ローザが入ってきたことに驚いていないし、恥じらいもまったく感じていない。彼はほほ笑んで頷く。「ほんとにしあわせなんだよ。見て、この馬。うちの両親のものだったんだけど、なくなっちゃったと思ってたんだ。それが急に見つかって……すばらしいだろう？」

「わたしがもってるって知らなかったの？」

「ぜんぜん知らなかった」

「昔、パパの会社に置いてあってよくあそんでたんだけど、十二歳くらいのときにパパがくれたの。やさしいでしょ？」

「ああ、とっても。元は俺の両親のものだったって知ってた？」

「おじいちゃんとおばあちゃん。うん。おじさん、ずっとそうやって立ってるつもり？」

ヘンクは座ったが、馬はもっている。胸に押しあてるのはやめて、膝にのせて。ローザが彼のとなりに座り、自分の鼻をこすってクスクス笑う。

「ちょっと酔っ払っちゃった」

「俺も」

「そうだと思った。どのくらい飲んだの？」

「その質問はまちがってる。『まだどのくらい飲むの？』っていうのが正しい質問だ」

彼はボトルのほうに前屈みになり、持ち上げてみせる。

「まだかなり入ってるじゃない。ぜんぶ飲むつもり？」

「わからないけど、安心だね。ほぼ開けたてのボトルがあると。まだいっぱいあるってことがね。まだたくさん食べ物があるってことも。下にあんなにたくさん、きみのパパの肉があるのも安心だ。豊かさ。それは我々が空腹と渇きからはるかにかけ離れてることを意味する。不幸な結末からもね」

「おじさん、ほんとに酔っ払ってる。ねえ、あたし、ちょっとだけ横になろうと思って上がってきたの。ちょっと横にならない？」

「きみのボーイフレンドに許してもらえるかな？」

「なんで？　あたしにキスでもするつもり？」

「そんなわけないだろう」

「だったらいいじゃない」

「オッケー。じゃあちょっと横になろう」

ヘンクは馬をローザの机の上に置いて横になる。ローザが彼のとなりに寝る。なんとか二人、収まる。ローザのベッドはシングルで、ふつうの状況であればこんなに近く横になるのは気まずいだろう。だがアルコールのおかげでいまはまったく問題ない。二人とも、とても居心地よく感じている。

「ローザ」

「なに？」

「俺、恋してるんだ」

「ほんとに？　やったね！　誰に？　まさかグロリアじゃないよね？」

ああ、そうだった。陶芸家はグロリアという名だった。頭のなかに名前が浮かんできた。女の子文字できれいに書かれ、スパンコールに覆われている。

「ばかなこと言うなよ！　俺をなんだと思ってるんだ？」

「立派なお尻だし」

ローザがクスクス笑う。

「ローザ、きみのお父さんさ……」

「なに？」

「だから、きみのお父さんは……もしかしてきみのお母さんも……グロリアと……どう言えばいいのかな……」

「はっきり言って！」

「性的な関係にあるんだろうか？」

「ないよ！　なに言ってんのよ！　ヘンク！」

「ごめん、すまない。突然、思いついたもんで……ごめんよ。忘れてくれ」

「なんでそんなこと言うのよ？　考えちゃうじゃない！」

　ローザはまるでおぞましい光景から隠れるように、顔を両手で覆う。ヘンク自身も頭から離れないイメージを呼び起こしてしまう。またしても、陶芸家の白い尻が中心となっている。ぷるぷる揺れる尻はたしかにおぞましい。今度はさらに、エプロンのひもが蝶結びにされていて、二つの大きな輪がパロディとして尻の模倣になっているようなイメージまで浮かんでくる。ヘンクはぎょっとして、吹き出す。ローザが彼の胸を叩く。

「いやだ！　やめて！」

　そういう彼女も堪えきれずにいっしょに笑う。二人の笑いがおさまるのにしばらく時間がかかる。だがそのあいだに、ほとんど描写のできない事柄が起こる。名づけることのできない曖昧なことだが、ヘンクとローザがもっと近しくなるきっかけとなることが。笑いがおさまったところでヘンクが言う。「ミアっていう名前なんだ」

　ローザはヘンクの顔を見られるように少し頭を動かす。彼女の顔は赤くまだらになっている。

「ミア、すてきな名前だね。ミアのこと、ぜんぶ話して」

「あんまりないんだ。バスで会って……いや、そうじゃない、今朝会ったんだ。スフルクを散歩させてたときに。ハウスボートに住んでるんだ。さっき、ここに来る途中、バスのなかでまた会ったんだよ」

「それだけ？　それでもう恋してるの？」

「うん。彼女、とってもやさしいんだ」

「それがだいじよね。やさしいってこと。おじさんに必要なのはやさしい人」

「そう？」

「うん。シンプルにおじさんのことを好きでいてくれる人。ヘンクのことを」ローザはつづける。

「外見は？」

「俺と年齢が近くて、長いグレイヘアで細身。背はあまり高くない。とてもきれいな目をしてるんだ。緑だったと思う。ちょっとパティ・スミスに似てるんだ。知ってる？」

「知らない」

「歌手だよ。歌がとてもうまくて、きれいなんだ。ミアはパティ・スミスみたいなんだけど、もっと柔らかくてやさしい感じ」

「いい感じだね」

「あのさ……」

「なに？」

「ずっと考えちゃうんだ……彼女に……」

「言って！」

「うまく言えないんだよ……」

「ふつうに言って。それがいちばんだよ」

「うん。あの、彼女のなかに押し入りたいって……」

「そりゃそうでしょ。恋してるんだから」

「そうか、ヘンだと思わないんだね？」

「思わないよ」

「失礼なことじゃない？」

「うん」

「悪いことでもない？」

「うん」

「痛々しくない？」

「うん」

「セクシスト的でない？」

「うん、ちがう」

「ほんと？」

「うん。はじめてなの？　恋をするのは？　リディアと別れてから」

「うん、そうだと思う。きみも疲れてる？　俺はすごい疲れてるんだ」

「わたしも。だからちょっと横になりたかったの。彼女と会う約束した？」

「してない」

「なんで？　電話番号は知ってるの？」

「いや」

「インスタグラムは？　フェイスブックかツイッターは？」

「ぜんぶ知らない」

「おじさん、いったいどんな世界に生きてるの？　住んでる場所は？」

「それは知ってる」

「だったら訪ねていけるね。いつ行くの？」

「わからない」

「もちろん今日でしょ。あとで。いますぐ」

「いまはここにいるよ。でもあとで行くかも……いま何時なんだ？」

「七時から九時のあいだのどこか……」

「ちょっとだけ目を閉じるよ……」

「わたしはもう閉じてる……」

＊

二人は眠りに落ちる。ヘンクおじさんと姪のローザ。浅い眠りで、眠りというより酩酊かもしれないが、いずれにしても二人はそこに横になっている。大きな男と痩せた少女がシングルベッドにこんなふうに親密に、リラックスして寝ているのは心温まる光景だ。夜の太陽がやさしく、ばら色の光を二人に投げかけている。机の上の馬がそれを見ている。馬自身がじっくりと、実際になにが見えるのか見ようと気高い関心を払っているのがわかる。馬もこの光景の親密さを見ているにちがいない。そして、伯父と姪がこの数分間にとても気持ちのいい方法で、互いにいっそう近づいたことを理解しているだろう。彼ら自身はまだそのことに気づいていない。これから数日後、数週間後に気づくことになるのだが、最終的にはヘンクが亡くなるまで生涯つづく友情に繋がる。そう、そんなふうに流れていくのだ。ローザはヘンクのそばにいるだろう。彼が九十三歳の高齢で、冬の終わりに亡くなるときに。彼女は彼の顔の汗を拭くだろう。ストローで水を飲ませるだろう。禿げ頭をやさしく掻いてやるだろう。痛みがひどいことに気づいて、彼から指示されていたとおり、自らモルヒネの量を増やすだろう。死にゆくこと、死んだ状態になることを伯父が怖れていないのを見て取り、それが彼女自身の死に対する恐怖を和らげるだろう。死の数日後、彼女は彼の墓の前に立つだろう。そしてフェルナンド・ペソアの詩を朗読するだろう。彼がこの詩を愛していたことを知っているから。

春が来て、わたしがすでに死んでいても
花は同じように咲くだろう　木々は……

雨が降っているだろう。突如、春が感じられるような、さわやかなにわか雨。まだしばらくペソアの詩が彼女のなかに響いていて、ヘンクの棺が墓に下ろされるのを見ながら、彼女はその雨に身を任せるだろう。ローザも長生きするだろう。まだ何度も彼の声を聴くだろう。時折り彼のことを考えて吹き出すだろう。あらたに泣くこともあるだろう。時がすべての傷を癒すわけではないことを知るだろう。ある種の悲しみは存在しつづけるものだ、と。常にかたちを変えてではあるけれど。

馬はローザの美しさも見る。若さゆえのみならず、実際に彼女がとても美しいことを。とても軽やかで整っていて、均整がとれていて、とても繊細だが、表情が子どもっぽくなることはない。ヘンクもまたかなりハンサムだ——だった、いや、いまなおそうだが、それを見て取るには若干の努力が必要だ。ヘンクの美しさはとくに目と眉毛に隠されている。とても雄弁で、感情が水面に吹く風のようにあふれ出る。ヘンクはいつも自分を見せている。彼が望む望まないにかかわらず、意識・無意識にかかわらず。ミアは今朝、すぐそのことに気づいた。彼が重たい足取りで喘ぎながら近づいてきたとき、彼女は植木に水をやっていた。彼女は彼のほうを見なかった。しばらくして、ちょこちょこ歩く犬の足音が聞こえてきて、スフルクが道端に疲れ果ててへたり込んだときに顔を上げた。ヘンクが犬を呼ぶ声がして、それからこちらに戻ってくるのが見えた。どれだけ彼が大きいか、どれだけ心配しているか。彼の顔はまるで子どものための本のように、読むことができた。なんてやさしい人なんだろう、と彼女は思った。ヘンクは犬の前に跪き、頭を撫でた。

「スフルク……」

「喉が渇いているのかも……」

彼が驚いて振り返ると、読むことのできる顔がふたたび見えた。彼女は混乱を読み取った。水を入れた容器をもってきて、犬の前に置いた。彼女の横に跪いている男から汗の臭いがしたが、気にはならなかった。主要な事柄と副次的な事柄を次第に早く分別できるのは、年を経た利点だ。主要な事柄は汗の臭いではなく、この大きくてやさしい男性が飼い犬のことをこれほど心配している、ということだった。彼女は犬がぴちゃぴちゃ音をたてて水を飲む様子を見ていた。

「たしかに、喉が渇いてたようですね。ありがとう」

「ほんとうに信じられない暑さだから……」

「一八九七年以来、もっとも暑い七月だそうですね」

「そう、環境問題よね」

彼は立ち上がった。その動きによって生じた、彼の男性的な温かさが彼女を包んだ。彼女は彼が自分を上から見ているのを感じた。頭のてっぺんを見られているようで、白髪が少し恥ずかしかった。若いふりをするのが嫌で、染めるのは拒否していた。若いかどうか、というのは愚かな基準、自分を不幸にする規定なので——我々は毎日、年を取るものなのだから——髪を染めるなどという馬鹿げたことはやめよう。ちゃんとした理由があって染めていないということなのだが、それにもかかわらず恥じらいを感じた。そのことが自分で気にくわなかった。そんな昔の本能、媚びた少女が自分の内に残っていることが。だがそれについて深く考える時間はなかった。次の瞬間には風を切るバイクの音と罵声が聞こえ、彼女が立ち上がると、その大きな男性が表現豊かな顔を怒りでゆがめて、中指を立てていたからだ。

数時間後にバスの車内で再び彼を見たとき、状況が繰り返された。彼女は彼が気づく前に彼を観察していた。彼は発車直前に乗ってきた。巨体でせかせかと、麻のズボンと空色のシャツを着て、はっとするほどエレガントに。そして彼女の数列前の通路の反対側の座席にどすんと座った。運河沿いを走っているとき、彼は頭を後ろに向けた。彼女のほうではなく、ボートで楽しんでいる少年たちを見るために。彼の開いた顔、あの目と眉毛——子どもの本のようだ。彼は自分の見ている光景を楽しんでいた。彼がなにか本質的に良いものを見ているのが、彼女にはわかった。前を向くときに彼女と視線が合うと、すぐには彼女のことを思い出さなかった。彼女は彼に考えさせておいたが、時間がかかりすぎて気まずくなってきた。彼は困っていて、それは彼女の望むところではなかったので、助け舟を出すことにした。

「ワンちゃん、どうしてますか？」

これで彼が彼女を思い出した。彼はほほ笑み、それから瞳に陰りが見えた。

「元気にしてます。いや、元気とは言えないんですが。動物病院に行ったら……」

この後、会話がどうつづいていくか、我々は知っている。だが、よく知らない者どうしのそういう会話の最中、実際にはなにが起こっているのだろうか？　それは――両者が好意的であることを前提として――シンクロナイゼーションへの試み、だ。関係性が生じるように、ふたつの人生、ふたつの物語が結びつけられなければならない。たとえそれが車内での数分間のことにすぎないにしても。口頭での情報の交換は、犬が病気だとか、彼女が音楽が好きだとか、彼がトラクターの展示会に興味があるといった情報を得る手段ではあるが、会話のもっとも重要な要素ではない。その背景でまったく別のことが起こっていて、そちらのほうがずっと重要だ。見る、匂いを嗅ぐ、感じる、推測する、想像する、評価する、という行為がなされる。物語がひとつにまとめられる。まだ下書きの段階で、いくつかの文や段落にすぎないが、すべての言葉にすでに感情が詰まっている。ミアのほうがヘンクよりもうまくできる。それは彼女が自分の直観を信じ、事を簡素化できるからかもしれない。なんてやさしい人なんだろう、と彼女は思った。なんて大きな人だろう、なんて面白い人なんだろう、とも。ルーネンに入り、自分の降りるバス停で停まると、彼女は立ち上がり、彼の横をすり抜けて、振り向いた。それから手を彼の胸に当てた。そうするつもりではなかったが、自然とそうしていた。そのあとで言ったことも考えたわけではなく、自然と出てきたものだ。

「さよなら、すてきなヘンク。わたしからってスフルクにハグしてくれる?」

教会では彼女がもっとも好きな曲のひとつ、ベートーヴェンのなにかが演奏された。ベートーヴェンの音楽は建築的な特性をもっていて、それが彼女を魅了する。彼女は曲を、複雑ではあるがそれでも明確な空間――ピラネージが描いたような建物として、目の前に思い浮かべることができるのだ。彼女はその空間に入り、歩きまわることによって、音楽を楽しむことができる。子どもの頃からそうしていた。主にベートーヴェンの曲だが、他の作曲家の曲でも同じことができる。それは音楽を楽しむ非常に独特な方法で、大人になった彼女は自分のその体験について誰かに説明するのはほとんど不可能であることを知った。とても個人的な体験について語っているとき、突然まったく理解されていないことに気がつくのはいかに痛みをともなうかも知った。会話は壁に激突するように終わってしまう。それゆえ彼女はだんだんと、人に自らの体験を語るのをやめてしまった。人生のある瞬間に不可欠だと思われた人たち――二人の夫や数人のよい友人、三人の子どもたち――二十代になったばかりの音楽院に通う才能あふれる末の息子にさえも。だからこそ、コンサート終了後、国道沿いのカフェで軽く食事をしているときにヘンクのことを考え、ふいに確信を得たのはとても特別なことだった。彼ならば自分のことを一瞬で理解してくれるはずだ、と。

彼らはほぼ同時に目を覚ます。ヘンクは悲鳴を聴く。物を突き抜けそうな激しい悲鳴だ。

「なんだった？」

ヘンクが目を覚ますのはその日三度目で、意識は毎回いっそう無慈悲に彼の顔に投げつけられる。今回はまるでパンケーキのように、パシャッと命中する。彼はほぼ同時に体を起こし、ふたたび訊いた。強調するように「いったいなんなんだ？」と。

ローザも体を起こす。ゆっくりといやそうに。

「なにがなんなの？」

「悲鳴だよ」

「どの悲鳴？」

「下から聴こえた悲鳴」

「なんにも聴こえなかったけど」

「聴こえたんだよ。悲鳴が、すごい大きな悲鳴が下から」

「誰か殺されたんじゃない？」

「いや、真面目な話。悲鳴が聴こえたんだ」

仮眠はヘンクによい効果はもたらさなかった。おなかが痛く、頭が重く、舌は腐敗の味がする。彼はローザの向こうにあるボトルに手を伸ばして注ぎ、二口飲む。

「きみも飲む？」

「いらない、ベエッ……」

階下から人々の声が聴こえてくる。音楽にかき立てられて、一層騒がしい。よりにもよってドゥー・マール（オランダのバンド）の曲だ。つまり、下の皆もすっかりできあがっているということだ。

「みんな酔っ払ってるね」

「酔っ払った大人が痛々しいって知ってた？」

「うん。俺も？」

「ううん。でもおじさんは本物の大人じゃないから」

「ちがう？」

「うん。いつも頑張ってるけどさ」

「でもそれがなんで……」

悲鳴が再び聴こえるが、最初ほど大きくはない。悲鳴というよりもどっと笑いが起きたようだ。そう、彼らは酔っ払っている。そしてヘンクは一刻も早くパーティーを引き払うべきだ。スマートフォンを見るとまだ八時二十分であるのが、彼を喜ばせる。まだ夜ははじまったばかりで、どんないいことが起こりうるかわからないからだ。ミア！ 彼は立ち上がってバスルームに行き、用を足す。手と顔を洗い、洋服を整える。新しい歯ブラシを見つけて包装をはがし、時間をかけて歯を磨く。その後、歯ブラシをどうすべきかわからずに困る。元に戻しておくのは不快な誤解を招きそうだ（寝ぼけたフレークがその歯ブラシを使い、自分のものでないことに気づく。見てみると、たしかに自分のものではない。ではいったい誰のだ？ ゲッ、なんて気持ちの悪い。それによって不快感から一日中、不機嫌になる。原因はすぐに忘れて、誰彼なく当たり散らし、秘書などが被害を被ることになる。あるいは会社のロゴ入りの茶色いユニフォームを着た気の毒な誰かかもしれない）。そうならないよう、彼は歯ブラシをズボンのポケットに入れる。

「ローザ、帰るよ。俺からよろしくって……」

だが彼女はふたたび眠っている。ヘンクは姪を見る。彼女の若さに言葉もなく感嘆して。突然、彼はいたく感動している。その感動が複数の源を有していることを彼は認識している。彼女の若さと美しさ、プレゼントに対する彼女の反応、いっしょに昼寝をしたこと、血液中のアルコールも忘れてはならない、そしてスフルクの病気さえもが源となっている。スフルクの病気は一日中、まるで地引網のように彼の魂の底をさらい、「〈愛〉または〈愛の欠如〉〈年を取ること〉それから〈死〉」（巻末の断り書き参照）といったふだんは遠くにある事柄を掬《すく》い上げる。だが、自らのどっしり詰まった体と人生のもっと深いところに、まだべつの源があることには、彼も気づいていない。その源のひとつは、ローザがいつの日か彼の死の床に立ち合い、顔を拭くだろう、という神秘的な事実だ。墓地で彼女は雨に顔を濡らし、ペソアの詩について考えるだろう。彼はどこかですでにそのことを知っている。未来が見えるからではない。必然的な運命であるがゆえ、なんらかの方法で予感しているからでもない。それらのことが、ここ数時間に定められたからだ——小説が最初の一文ですでに定められているのとほぼ同じように。ほんとうに友情が生まれたのだ。それによって、友情が可能とするすべてのことが可能となった。会話、散策、食事、行楽、いっしょに行くバカンス、ヘンクの名をもらう息子、そして——これがとりわけ肝心かもしれない——彼の死の床にローザのいる平穏も。

ヘンクは姪のひたいにキスをする。それから机の上の木の馬を取って、窓台に置く。馬がこの若い女性をよく見られるように。そして彼は階段を下りる。庭の騒がしい客たちに気づかれる心配はほぼないが、念のためになるべく静かに。玄関からも喚《わめ》き声が聴こえる。なにが起こっているのか、ヘンクは振り返らずにはいられないが、振り返らないほうがよかった。まるでアルコールでマンホールの蓋が浮き上がったような反吐《へど》の臭い！　予想どおりの光景なので、描写するには及ばない。目の当たりにしたヘンクは強い嫌悪感と恥を感じている。それは本来、他の客たちが感ずるべき恥だ。だが酔っているからか、粗野であるためか、あるいはその両方かによって、彼らは感じていない。それゆえ無力な反応、無力な道徳的批判にすぎない。いずれにせよ、ヘンクはそれに肩を押され、もはやためらうことなく踵を返し、玄関に進み、フォールストラートに出る。橋を渡り、バス停めざして、ここから立ち去るのだ。

*

彼はバスの座席に座っている。ちょうどルーネンに入るところで、背筋を正して座り、首を伸ばして見る。彼女の姿は見えない。バス停は空っぽでバスは走りつづける。だがそこで天の介入があり、運転手がブレーキを踏み、バスはやはり停まる。ドアが開き、彼女がほんとうに乗ってくる。ヘンクは座席から半分立ち上がって手を振る。

「ミア！　こっちだよ！」

彼女は驚きを見せないが、驚いているにちがいない。時間を忘れていたため、バスにもう少しで遅れそうになった。二杯目のワインを自分に許したせいかもしれない。バスがいまにも来そうなことに気づいたあと、ヒッピー的な混沌とともに立ち上がった（バッグを手に、財布を出し、お金をテーブルに置き、財布を仕舞い、鍵はどこか探し、大慌てで交通ＩＣカードを探し、見つからないのでバッグの中身を広げ、テーブルをティッシュペーパー、ペン、絆創膏、プログラム、スマートフォン、飴、絵葉書、薬、ＩＣカードでごちゃごちゃにし……あった！）。カフェを走って出ると、バスが来ているのが見えた。もうほぼバス停まで来ていたので、走りに走り、空いている手を振った。すんでのところで停まってくれたバスに乗り込むと、そこにヘンクがいたのだ。まさか彼が乗っているとは考えもしなかったので、彼女はたしかに驚いたが、驚きを示しはしなかった。たちまち関心がヘンクでいっぱいになってしまい、その余裕がなかったのだ。

彼女は正確になにを見たのか？　カフェで考えていたやさしくて繊細な男性ではなく、大きな、興奮した男性。バスにもこの機会にもふさわしくない熱狂的な素振りをする男だ。それでも彼女は手を振り返し、通路を歩いて彼のほうに向かい、隣に座った。なるほど、と匂いを嗅いで彼女は思った。酔っているのだ、と。

「酔ってるのね……」

「そうです」

「わたしもよ。ちょっとね」

「ぼくは正直言ってかなり酔っ払ってます。かなり、とんでもなく」

「どこに行ってたの？」

ヘンクがバーベキューについて話しているあいだに、バスはいまなお太陽の輝くオランダをウェースプに向けて戻っている。アムステルダム・ライン運河にはいつもどおり、船がうんざりするほど多くの物を積んでアムステルダムからユトレヒト、あるいはその逆方向に航行している

〈いい加減、止めることはできないものか〉。だが夜は美しい。〈とても〉という副詞がつくほどに美しく、よりいっそう美しくなることを約束している。光は少しずつ満ち、重たくなっていく。その光のなかのなにかがすでに次の季節の訪れをほのめかしている。黄色い落ち葉の浮かぶ暗い水面の光景は、想像するのが容易いからかもしれない。ヘンクとミアは会話に没頭していて、バスの外の風景には注意を払っていない。

「でも彼女は詳しくはなにをしたの？」

「聞かないほうがいいですよ。踊って……いや、話すのはやめときます」

「ええ、いじわる……よけいに知りたくなるじゃない！　裸だったの？」

「うん。いや、真っ裸ではなくて。ああ、また思い出しちゃった。思い出したくなかったのに……」

「で、ローザはまだ寝てるの？」

「ええ。まるで天使のようにね。どんな騒音にもびくともせず。そういえば、彼女にあなたのことを話したんです」

なぜ彼はそう言ったのだろう？　突然、会話はケージのなかに入っている。ケージの鍵はヘンクがミアに渡した。問題は、彼女が彼に鍵を返すかどうか、ということだ。彼女はそうせずに訊ねる。「わたしのこと？　なんて話したの？」

こうしてヘンクは再び、素早い決断を要する状況に陥る。その決断は多くの異なる結果につながり、それらの多くは彼をぞっとさせるものだ。それゆえヘンクは必死に考える。いや、必死に考えようと試みるだけで、酔いすぎていてまったくうまくいかない。結局、真実をぽろっと漏らしてしまう。「ぼくがあなたに恋をしてるって」

突然、バスは加速し、大気圏に飛び立つ。緩やかな弧を描いて、牛たちのいる牧場とヨットでいっぱいの湖、テラス席でビールを飲む人々、村々の上空をかすめるように飛ぶ。徐々に上昇していくバスを、人々は驚いて見上げている。フェヒト地帯が見えてくる。オランダ、北海、ヨーロッパの一部、等々。その後は地平線が曲がり、彼らは自分の目で地球がほんとうに丸いのを見る。ヘンクはその間、まるで当然のごとく次々と奇跡を起こす。ダマスク織りのクロスをテーブルにかけ、シャンペンのボトルを取り出す。クリスタルのグラス、イチゴののった皿、生クリーム——。

いや、ナンセンスだ。バスはふつうにメルウェデ運河沿いを走っている。だがヘンクが無責任に飲みすぎたのは明らかで、そのために単純な衝動に突き動かされて、それによって夜の行方がまったくわからなくなっている。

ぼくがあなたに恋をしてるって。この言葉は酔っていることだけではなく、ヘンクの全般的な傾向を示している。ある種、子どものような正直さ、だ。ローザが「本物の大人じゃない」と言ったのはヘンクのことをよく見ているが、「いつも頑張ってるけどさ」というのはちょっとわかりにくい。要は、ヘンクには正直である以外、他の社会的戦略は存在しない、ということだ。酒を飲み、通常のブレーキ（礼儀正しさや慣例、恥じらい、思慮深さ、頭がおかしいと思われたくないという願い）が利かないときにはなおさらのことだ。ふさわしくなかろうが、口から真実がぽろっと出てしまう。真実のもつ力はほぼいつも強く、この場合もそうだ。それを考慮に入れないのは、たしかに子どもじみている。

ミアはヘンクの答えによって突如、喋れなくなる。バスはウェースプに入り、駅で停まる。二人はバスを降りる。一言も話さずに、しばらく並んでフェヒト川のほうに歩いていく。川沿いの道を荘厳な家々沿いに、かつての要塞のある方角に半分ほど進むと、ヘンクは立ち止まる。ここで右に曲がり、スフルクの待つ家に帰らねばならない。

ミアはヘンクの言葉が正確にはなにを意味しているのか、じっくりと考えてみた。だが彼女にはわからない。酔っ払いのたわごとから正直な愛の告白まで、あらゆる可能性がある。いまのところヘンクの言葉は彼が彼女にとって見知らぬ人である、ということしか明かしていない。彼女は彼を知らないし、彼がなにを言いたいのかまったくわからない。よって、彼の答えは二人がもっていた自然な関係をふいに終わりにしてしまった。だがいま、向かい合い、互いを見ることなくここに立っていると、べつの考えが浮かんでくる。この大きな、やさしい、酔っ払った見知らぬ人のことを知りたくてたまらない、という考えだ。

こうして二人は川沿いに黙って立っている。痩せて小柄なミアと大柄なくせにどこか小学生の男の子のようなヘンク。ミアの顔にはさいごに考えたことによってほほ笑みが浮かんでいるが、ヘンクは自己嫌悪の深い井戸にはまっているため、それには気づかない。彼はぼんやりつぶやくように言う。「ここで右に曲がります。スフルクに薬をやらなきゃ」

「いっしょに行ってもいい？　ちょっとだけスフルクにあいさつしたいんだけど」

おお、この言葉に彼は混乱している！　目と眉はこれをどう理解していいものかわからずにいる。どんな表情をすればいいのか？　安堵？　驚き？　パニック？　ショック？　浮かれた喜び？　ヘンクの顔を見ると、同時にそのすべてを表しているようだ。表情が次々と変わり、それから突然、無になる。初期のコンピュータが停止直前にしたように、彼の脳が〈バッファー・オーバーフロー〉とエラーメッセージを出したかの如く。彼の表情はニュートラルな状態で穏やかになる。いや、ニュートラルではなくオープンな状態だ。これからの数分、あらゆる印象は特急電車のスピードで彼に飛び込んでくるだろう。彼は感情を抑え、指で鼻の先に触れる。そして夜空を見るともなく見る。

「もちろんいいですよ……こっちです」

彼はぶっきらぼうに指さし、ミアがついて来るか確信がもてないようにためらいがちに歩きはじめる。だがミアはちゃんとついて来る。ずっと笑みを浮かべたままなのに、ヘンクはまだ気づいていない。川沿いからニューストラートに向かう細い小路に入ると、彼女が彼の手を取り、二人は自然と楽しいリズムに乗る。そのリズムに合わせて、ヘンクの顔はますます開き、それは彼の胸の喜びにぴったり合っている。「彼は小声で歌いたかった。地面のちょっと上を軽やかに踊っているような気分だった。すべて、すべてがいまやとても心地よかった」。
ヘンクは『少年ケース』のラストシーンを暗記していた。著者のタイッセンが描いているのは少年の恋だが、その恋のなかにべつのなにかも聴こえているのだ。ヘンクがよく知っているもの――すなわち、抑えることのできない生気だ。バスのなかでミアが、ボートに乗っている少年たちを見ているヘンクを観察していたとき、彼女は彼がどれほど強くその光景を楽しんでいるかを見た。少年たちの陽気な無鉄砲さ、太陽と水、踊るボートと金髪がきらめくさまを。彼女は彼の物の見方における道徳的要素を発見した。彼がなにか本質的な在り方で良いものを見ているのを、彼女は見た。少年たちの生気はヘンクにとって、単に人生を楽しんでいるというだけではなかった。もっと本質的なもの、太古の息吹の新たなかたち、バイタリティ、生きる情熱、運命愛《アモール・ファティ》、生の肯定――見よ、概念が突然、互いの上を宙返りしている。まるでそれらが自らを表現しようとしているかのように。

生気が道徳の基盤であるということが、ヘンクにはよくわかる。彼は自らの人生を〈メメント・モリ（死を忘れるなかれ）〉と〈カルペ・ディエム（今日を楽しめ）〉の二極のあいだを行ったり来たりして追っている。それによって両者はまるでともに〈ゲシュタルト構造〉――下部構造が互いに光を当てたり暗闇に隠したりする形態――を成すように共生し、互いをはぐくむ。ヘンクはまだこの模様を自らの内に認めるほど成熟していないが、感じてはいる。自分で見て、本能的ではなく意識的に、道徳的な行為として受け取るようになるのは時間の問題だ。これからの数ヵ月にミアとの会話のなかで突如、生気やバイタリティ、生の肯定について語る自分に気づき、驚くことになるかもしれない。ミアはそれを注意深く、目を少し細めて聴くだろう。ヘンクが一人で喋っていて夢中になり、突然自分でも知らなかった発見をすることは、ミアもすでに知っている。彼の表情に注目するあまり、内容が頭に入ってこないこともある。生き生きとした目と眉毛に魅了されて。きっとそんなふうになるだろう。彼女は彼の視線が彼女のいる空間（ヘンクのキッチン、レストラン、森、あるいはともに歩く海岸など）で、あちこちさまようのを見るだろう。すべての関心が内側――彼が緊張とともに言葉にしようと試みる見解に向けられているからだ（目と眉毛が動く。鼻の下に汗をかいている。両手が頭を撫でる）。そして喋りながら、彼は見るだろう。自分が生気を渇望していること、楽しみや喜び、よい人生を強く求めていることを。

「だってね、ミア、我々を生かしているのは食べ物や飲み物よりも生気であって、人生には価値があるってことへの道徳的な確信なんだよ。真実と美しさは人生そのものにある。いつでも、どこにだって。でも山師のように――いい意味でね――それを探し、掘り起こすのは我々が望むかどうかにかかってるんだ」

年を経るということがなにを意味するかも、突然明らかになるだろう。すなわち、自分の生気を次第に上手にはぐくむことができるようになる、ということだ。彼は次第に光を見つけることに長《た》けていくだろう。自分を楽しませること、それゆえ自分にとって重要で価値があると思われることを見つけることに。仕事（あと十年ほど）、もちろん読書（まだ何千冊もの本）、新しい犬

(二四)、ミアとローザ、それにリディアさえも(痛々しい離婚ののちオランダに戻ってくる)、ローザの子どもたち(スウェーデンで育つことになり、定期的に訪ねていくだろう)、ノールトワイクの明るい家(終《つい》の住処《すみか》となる)、そしてそこでよく知ることになる海(当然のごとくそこにあり、いくらでも見ていられる)、ほかにもまだいくつかの事柄が現れるだろう。つまり、彼を生かしておくのはほんとうに食物と飲料の問題ではなく、生気なのだ。平均寿命を優に超え、とても満足のいく人生ののちに穏やかに亡くなる九十三歳のヘンクに至るまで。

生気。生きたいという気持ち。その源泉から残りのすべてが流れ出る。起きたい、食べて飲みたい、働きたい、笑い、読み、話し、踊り、犬と散歩したい……。愛したい、も忘れてはならない。ヘンクとミアは玄関に近づく。ヘンクはミアの手を離し、ドアを開けて先に入り、急な階段を上がる。ミアがそれにつづく。彼らは互いの足音、互いの呼吸を耳にし、自分たちの動きがずっと楽しいリズムを保っていることをはっきり意識している。

＊

スフルクはいつもとちがってリビングの階段の下にいるが、それでもヘンクの視線を探す。それを見てヘンクは安堵する。よそ者を見るよそ者の視線でなく、ヘンクを見るスフルクの視線であることに。彼はスフルクのもとに跪いて頭を掻く。スフルクの呼吸は速く、舌が出ている。わき腹がせわしなく動いている。

「スフルク……」

ミアも跪く。スフルクは一瞬、彼女を見るが、すぐにまたいつもどおりヘンクの目を見る。ミアはスフルクの片耳を手に取る。白と赤茶の毛に長く黒い毛が編みこまれ、耳の縁がエレガントにほつれて見える。ミアは耳を指のあいだにくぐらせる。

「なんてきれいな耳……」

「耳飾りって呼ばれてるんだ」ヘンクは誇らしい気持ちで説明する。「この長い毛のこと……」

彼は立ち上がり、キッチンでスポンジを水に浸す。スフルクはかすかに舐めるだけだが、それでも落ち着いたようだ。ミアはスフルクの耳を撫でつづけている。

「これで大丈夫だ」ヘンクは言う。まるで医師の報告のようにぎこちなく聞こえ、ほんとうは心配しているのがわかる。だが彼はつづける。「ちょっと息苦しいだけなんだ。いや、心不全ではあるけど、いまは大丈夫なのがわかる」

「そう？　よかった……」

「一時間経ったら薬をやって、それからちょっと散歩に連れていくよ。戻ってきたらよく眠れるといいんだけど……」

九時二十三分。この状況はかなり予測不能だ、と彼は思っている。可能性のスペクトラムが広すぎる。〈お茶を飲みながら世間話をする〉から〈互いに服を脱がしてワイルドなセックスをする〉まで。ヘンクは後者を希望しているが、テンポを抑える必要があることは理解している。まだたくさん未知の領域があるからだとしても。慎重な行動を取り、サインを正しく理解して、奇抜な駒の動かし方はしないのが肝心だ。同時に、熟考して行動するには疲れすぎ、酔っ払いすぎであることも自覚している。それゆえ夜は完全に開かれており、サプライズも可能、自分がどんな状態と気分で夜明けを迎えるかはまったくわからない。いずれにしても彼は喉が渇いている。彼は立ち上がって言う。「なにか飲みたい？　なんでもあるよ。コーヒー、紅茶、カルネメルク……ワインももちろんある。ビールと、ウィスキーも少しあるかも……それとも水のほうがいい？　氷もあるはずだ。それがいいかもね。まだ蒸し暑いから……」

「あなたはなにを飲む？」

ヘンクは肩をすくめてダイニングテーブルに一歩近づく。その一歩はヒントかもしれない。きみもいま立ち上がってぼくと向かい合わせにテーブルにつくといいよ、という。

「どうしようか。きみは？」

「カルネメルクがいいわ」

それは計算外だった。この時間帯、この機会にカルネメルクを飲むのはおかしいように彼には思える。たったいまカルネメルクがあると言ったのは、あるものすべてを述べるためでしかなかった。ミアにカルネメルクを出すことにはなんの問題もないが、今日という日にすっかり侵食された彼は、おとなしく事実に従えず、反論に出る。

「カルネメルク？　ほんとに？」

いまやますますの混乱が避けられなくなる。実際にはかんたんな事柄を明らかにするため、多すぎる言葉を使い、焦ったやりとりをする。

「ええ。カルネメルクもあるって言ったわよね？」

「ああ、カルネメルクはある。ただ……」

「なに？」

「いや、なんでもない。いや、つまり、ぼく自身はワインが飲みたいと思って……」

「そう、それでもいいわよ。じゃあ、わたしもワインをいただくわ」

「いや、きみはカルネメルクが飲みたいんだろう？　カルネメルクがあるんだよ。よく冷えてる」

「でも、あなたがワインを飲んでるのに、わたしはカルネメルクってちょっとおかしいんじゃない？」

「そうだね。じゃあ、ぼくもカルネメルクにしようか？」

こうしてちょっと時間はかかるが、最終的に二人はどちらもワインとともにダイニングテーブルに座る。二人のあいだには角切りのチーズをのせた皿が置かれている。会話が少しずつまた流れはじめる。互いについて、いろんなことを知る。ヘンクは彼の仕事について話す（ただ、人を生存させておくように試みる仕事だよ)。リディアについて(いつかすべて話すよ)、いま読んでいる本について(ダミーズのシリーズの痩せる編)も。彼はミアが化学の教師であることを知る(ピラミッドやモナ・リザ、ルシアン・フロイドより周期表のほうがきれいだと思うの)。二度離婚していること(いつかすべて話すわ)と息子が三人いること(三人とも、偉大な化学者にちなんで名づけられた)も。三男のアントワンは音楽院に在籍して声楽を学んでいる。ヘンクは彼女に音楽をかけようか訊ねるが、彼女はかけなくていいと言う。

「静かで気持ちいいなと思ってたの」

たしかに静かだ。バイクの音も、テレビの雑音も、食洗機のバシャバシャいう音も聴こえない。静寂だ。いや、彼らの声は当然、聴こえているけれど。もう一杯、ワインを飲んだあと、最初の加速が会話に生じる。ミアはバッグを盗んだことがある、と話す。ヘンクは若いときにホモセクシュアルな性的実験をしたことがある、と認める。ミアは最初の子どもが死産で、いまだにずっと悲しんでいることを打ち明ける。ヘンクはリディアとの結婚生活の終わりを恥じていることを認める。二人の告白自体、興味深いが、打ち明けることの意図はより多くのことを物語っている。すなわち、彼らが自分を知ってもらいたい、ということだ。恋をして奇妙な熱に浮かされて夢見ているような状態ではそうなるものなのだ。自分のことを知らせたい、懺悔をして片をつけたい、という熱い思いがある。まるで恋をするのが第一に愛、淫らな気持ち、欲望の問題ではなくて、罪の精神的浄化であるかのように。ヘンクとミアも例外ではない。彼らは相手に自分を知ってもらう必要を感じ、実際に相手に自分を知らせ、互いにはっきりと理解するだろう。それによって自分たちが上のベッドルームに向かっていることを。ワイルドでないにしてもセックスをするために。

だがまだそこには至っていない。それはかまわない。彼らは二人とも優に五十を超えていて（ミアは一歳年上で五十七であることをヘンクは知った）、急いではいない。スフルクもまだこれから薬を飲ませて、散歩に連れ出さなければならないことだし。いまのところ二人はワインを飲んでいる。ヘンクのほうがミアよりも多く、ふだんとは異なり貪欲に。いったいなぜだろう？　なにが起こっているのか？　今日という日が起こっているのだ。最初の数秒から〈今日〉が彼の首の皮を咥《くわ》えて、餌食のように左右に揺さぶっている。ちょうど子犬のときのスフルクがソックスでそうしていたように。我々はあとで見るだろう。〈土曜日〉が彼をようやく離したときに――スフルクがソックスをソファのうしろで離したように――、彼になにが残っているかを。

彼らは話している。ヘンクはヘンク的夢想に陥り、かなり雄弁に語っている。言葉の端々に波打つアルコールの勢いだろう。

「ぼくは読書家なんだ」などと言っている。「ぼくの本は（腕でソファの反対側にある本棚を指し示す。それから上を指すが、そこにも何千冊もの本があることはミアは当然、知らない）いっぱい書き込みがある。文章の美しさとか新たな観点とか唸るようなジョークなんかに感動したとき、括弧や線、感嘆符やその他のシンボルを〈影のテキスト〉として残すんだ。それらの形跡のすべてが、ぼくが生きてきたなかでどんな人間だったかの報告を成しているんだよ。原則的にはその〈影のテキスト〉を出処としてぼくのアイデンティティの歴史を細かい点までまとめられるんじゃないかって、ときどき思ってる。書き込みすべてがひとつの物語になってるんだってね。ぼく。ヘンク。長いこと考えてたのは、自分のアイデンティティが自分の読む本に滲み出てるんじゃないかっていうこと……ちょうどインクが水に落ちたときのように。でも最近はこう思ってる。それとは逆に、ぼくの読む本がぼくにはっきりした輪郭を与えてるんだ、ってね。書き込みが、ぼくの記憶の流血を止める止血帯であり、ぼくの体の衰えを補うパワードスーツなんだ。本の書き込みがぼくに〈ヘンク性〉を与えている」

このように彼はしばし自らの考えに夢中になって、ミアを置き去りに話しつづける。ミアのほうはちゃんと彼に集中している。彼が言っていることをじっくり聞いているわけではなく、顔の表情を注意深く見て、彼が独自の物語を語っているのを見てとる。その物語がなんであるのかはわからないし、それを読みとろうともしていない。ただ賢明に、最初に抱いた印象どおりに感じている。なんてやさしい人なんだろう、なんて生き生きとしてるんだろう、と。その間にもヘンクは我々自身の物語について話しつづけている。我々は時折り物語の内容を修正するべきであって、他の政治色や肌色、性別、性的指向、宗教、国籍等を与えてみることをしないのは、驚くほど想像力を欠いているのではないだろうか？　それによって世界平和にも近づくはず——そこで彼はミアが注意深く自分を見ていることに気づき、独白の途中で口をつぐむ。

十一時近くに彼らはスフルクを散歩に連れていく。ほぼ満月に近く、まったく暗くない。太陽が沈み、ほっと一息という空気感が漂っているが、まだ涼しくはない。ニュースト ラートとフェヒト川のあいだの小路の壁は、いじわるをするように日中集めた熱を放っている。まるで地球は回っていて、あと数時間もすればまたこちら側が太陽に向くことを思い出させるかのように。太陽は忍耐強く、とてつもなく熱いのだ、と。

スフルクは幾分かはふだんどおりのようだ。何度かつづけざまにちょっとだけおしっこをし、そこここの匂いを嗅ぎ、振り返り、うんちをして、納屋の屋根の上にいる猫にむかって吠える。二、三度、吠えてから黙り、まるで催眠術にかかったように、十秒ほど宿敵の生き物を見つめる。満月を浴びる猫のシルエットが、アニメーション映画に出てくるように特別に美しいからかもしれない。

外に出て、静かな町とはいえ公共の場になると、二人はふたたび慎重になる。会話は緩やかに蛇行し、加速することはない。彼らは勇気をかき集め、心ここにあらずの状態だ。思考がすでに帰宅後のことに及んでいるからだ。ベッドルームとベッド。しくじることなく玄関からベッドにたどり着くための声音と表情。直球ではだめだが、誤解をも許さない、繊細で不安定な誘惑のコレオグラフィ。

彼らは要塞を越えて港に向かう。細い橋のところが興奮に沸いている。子どもたち、いや、十六、七歳の若者たちの集団がいる。月光を浴びる彼らにはどこか非現実的なものがあって、そのためか彼らが服を脱ぎはじめてもヘンクとミアが驚くことはない。そう、彼らは突然、服を脱ぎはじめたのだ。全員が真っ裸になるまで。真っ裸で、月明りではっきりわかるほど輝いている。ヘンクとミアは立ち止まって見ている。若い体が――〈軽率な楽しみの鋲〉に繋がれて――我先に白い橋の欄干を越え、大声を上げて港の水のなかに飛び込み、それから手足をばたつかせて泳ぐさまを。スフルクは三、四回、彼らにむかって吠えるが、当然、その声は彼らには届かない。ヘンクとミアはしばらくほほ笑んで見ている。若さは、たとえ苛立ちを伴うにせよ、伝染しやすいものだからだ。しばらくすると、二人は踵を返し戻っていく。どちらもなにも言わずに。興奮した声が聴こえなくなると、非現実的な静けさが際立って感じられる。風はなく、人の声もテレビの音もなにも聴こえない。いや、彼らの足音とスフルクがちょこちょこ歩く音は聴こえる。静けさは我々をふだんより正直にすることがある。理由はわからないが、静けさが親密さをほのめかしているせいかもしれない。ミアはそれを感じている。彼女はこの機会に、しばらく頭のなかをさまよっている事柄をヘンクに訊ねてみることにする。彼女の質問は、誘惑のコレオグラフィに関するあらゆる心配を不要なものとし、彼らを障害物なくベッドルームへと導く会話に繋がる。

「わたしに恋をしてるって……あれ、どういう意味で言ったの？」

「いや……よくわからない。きみがかわいいと思う。きれいで、かわいくて、ローザとベッドに横になってるときに突然、そう言ったんだ。言おうと思ってたわけじゃなく、きみに恋してるってただそう言ってた」

「ローザはなんて言ったの？」

「リディアと別れてからはじめてなのかって」

「そうなの？」

「ああ、そうだけど、でも……」

「なに？」

「言うべきじゃなかった。あんなふうには。恋をしてるっていうのは大きな言葉だから、慎重に使うべきだ。あんなに飲んでなければ、ああは言わなかったはずだ」

「そう……正直ではあるけど……」

「でも？」

「でも、ちょっとガッカリした。そう言ってもらって嬉しかったから。誰かがわたしに恋をしてるって」

「でも、ほんとうに恋してるんだよ！　ちょっとね。いや、とっても。ただ、その言葉が……言葉って、ときに……とてつもなく大きくてがさつなような……わからない。いや、たしかにきみにちょっと恋してる。いずれにしてもきみのことをかわいいと思ってる。きれいだし。そうだ、きみがパティ・スミスに似てるってローザに話したんだ」

「パティ・スミス！　ぜんぶＣＤもってる！」

「ほんとに？」

「うん、ほとんどぜんぶ……」

「ほんとに似てるよ……」

「長いグレイヘアだからでしょ……」

「うん。あと口が……きりっとした口。それにきれいな瞳も」

彼らは立ち止まっている。ミアは彼の両手を取り、歌いはじめる。数時間前にもそうしたように。

「だって夜は恋人たちのものだから……」

月が町の上空にあり、フェヒト川の水は流れる。ミアは歌い、ヘンクは満面の笑みを浮かべ、スフルクはもう一度、おしっこをする。

「だって夜は欲望のためのものだから……」

＊

ミアが服を脱ぐ。彼女はベッドルームの真ん中にほほ笑んで立っている。その向かいではヘンクが同じようなほほ笑みでシャツのボタンをはずしている。いい感じ、と二人は互いに声に出さずに思っている。とてもいい感じだ、と。ミアはブラジャーはつけておらず、キャミソールを頭から脱ぐ。すると片方の乳房がないことがわかる。左側だ。彼女は三年余り前に乳がんを患い、初期段階ではあったものの乳房の切除が必要だった。乳房再建は白髪を染めないことと同じ、ごまかすのはいやだという理由でおこなわなかった。それゆえ平らな、乳首のない胸と傷跡、軽いくぼみがほぼ胸の真ん中にあるのが見える。

ヘンクは胸を見、ミアは彼が自分の胸を見ているのを見て、たちまち混乱に襲われる。切除したことを一瞬も思い出さなかったからだ。それは小さな奇跡だ。術後の数ヵ月に彼女は三、四人の愛人をもった。彼らのことが好きだったわけでもセックスがしたかったわけでもない。ただ自分に自らの新たな体——そう感じていた。新たな体、と——を無理やり受け入れさせようとしたのだ。男性たちがリアリティチェックの役を務めた。なるほど、そうか、と彼らは彼女に教えた。これがほんとうに自分の体なんだ、と。男性たちは彼女の左の胸を見て、やさしく理解を示す——女性がそう望むとおりに。だがそれはほとんど彼女の助けにはならなかった。彼女は、男性たちが自分たちの取るべき行動を取ってはいるが、現実には走って逃げたがっている、という感覚をおさえることができなかった。そのとおりだったのかもしれない。いずれにしても彼女はこう決断した。しばらくは男性とはつきあわず、自分の人生を生きよう、と。そのほうが気持ちがよかった。男性たちが彼女の新たな体に堪えられるようになる、という問題ではなく、彼女自身がそうなることが肝心——最終的にはそう理解した。

そしていま、この状況にある。ヘンク。彼女は自分の前に立つ大きな、やさしい、酔っ払った男性――この大きく武骨そうな手でシャツのボタンをはずす器用さ、満面の滑稽な笑み、現れてくる体――を凝視して、早く彼に触れたくてたまらない。つまり、彼を凝視するあまり一秒たりとも自分の胸について考えを巡らせていなかったのだ。彼が彼女を見ていることに気づくまで。彼女はぎょっとするが、次の瞬間には安堵に包まれる。長い間、胸の欠如が強く存在していたけれど、突然また、彼女の体のあたりまえの一部のようだ。少なくとも、正直言って同じように批評の対象となる腹や脇、尻よりも特別な関心は必要としない。だから彼女は嬉しい、とてもとても嬉しいとさえ言えるのだが、そこにヘンクの視線がある。彼の考えを読みとるのはさほどむずかしくない。（おおっ……）といった感じだ。それはさまざまなことを含みうる言葉だ。ショック、悲しみ、嫌悪、同情など。だが現実的には気まずさ、ということになる。

「ごめん、知らなかったものだから、ぼくは……」

当然のことだ。彼が知り得たはずもない。彼自身もそれはわかっているので、途中で言うのをやめる。一歩、前に出て、大きな手を左の胸の跡にあてる。ミアは驚く。彼の動作や大きな手にではなく、そちらの胸にはほとんど感覚がなくなってしまったことを不意に思い出させられたからだ。麻痺したような感覚なのだ。彼女は手を彼の胸にあてる。

「ごめんなさい。最初に話しておくべきだったのかも……」

「なに言ってるんだ。そんな必要ないよ……」

「数年前に乳がんになって……」

「なにも言わなくていい。説明不要だよ……」

「ほとんど感覚がなくなってしまったの。でもこっちはあるから、できたらこっちを……」

見よ、彼は満面の笑みを取りもどし、すぐさま手を右の胸に移す。ふくよかであたたかく、やわらかくてかわいくて、美しく、感動的で、実はおかしな物だが、やはりすばらしい――女性の胸がありうるすべての要素をもつ胸に。彼は言う。「ずっといい……」

それで終わり。二人は先に進める。まだ向かい合って立っており、残りの服を脱ぐ。ヘンクは突然、自分でも驚きながら歯ブラシを掲げてみせる。だが次の瞬間には二人はもうベッドに向かう。しだいにいっそう大胆に互いに触れながら。すべてはぎこちなく不慣れで、傍観者の目で見ると多少痛々しいかもしれないが、彼ら自身の傍観者の目はもはや見てはいない。快楽が最終的に優位を占めた。そして残っていた抑制心は彼らがいま激しく求めているもの、〈互い〉に踏みつぶされる。

今日の昼間、ソファに寝そべっていた、抑制できない柔らかな塊として流れ出しそうなセイウチ的なヘンクと、いまミアとセックスをするヘンクは大きく異なる。まるで彼の重量のすべてが互いをかき集め、首尾一貫した効果的な男性のかたちに集中しているようだ。唯一の目的、すなわち快楽のために。ミアは目を閉じて、彼の好きにさせる。これこそが彼女の望むことだから。そしてこれも、それも、そう、あらまあ。ヘンクが自らの効果的な男性のかたちにもたらすのは人生への肯定感だ。生きたい、セックスしたい、楽しみたい、いまここで――見よ、彼の体を成す塵はひたむきな愛人に変わっている。

人生への肯定感はミアへの肯定感に変わる。彼女はまだ目を閉じている。そう、これ、そして、あれ、そして、ああ。長い白髪はオリーブグリーンの枕に開いた扇子のように広がっている。彼女がほんとうにパティ・スミスに似ているのがよくわかる。かなり造作の大きな顔だが(きりっとした口、大きな鼻、ふさふさしたブラシのような眉毛)、パティ・スミスがときに見せるような硬く不快な表情にはほとんどならない。あまりにもやさしいからだ。あまりに落ち着いているからかもしれない。化学の教師だから、難なく理解できる。自分とヘンク、そして誰もが塵である――正確には大部分が炭素であり、車のタイヤの炭素と区別がつかない、ということを。学生時代にプリモ・レーヴィの炭素原子の物語を読んだ。レーヴィは炭素原子の軽やかな生涯を描いた。如何にして侵食する石灰石の表面に現れ、剝がれ、風に運ばれ、ワシの肺に入り、葡萄園にたどり着き、光合成に貢献し、長い連鎖において他の炭素原子とともに葡萄の、そしてワインの一部となり、飲まれ、新陳代謝され、グルコースとして肝臓に蓄えられるか。そこでしばし休息するが、肝臓の持ち主は手紙を間に合うよう投函するために走り、グルコースが放出され……まあ、そのようにつづいていく。最終的に原子は作家によって吸い込まれ、血液をとおして脳に届く。原子はそこでニューロンを発火させる。それこそまさに作家が読点を書く所以だ。(このすぐ上の〈。〉のこと)。ミアは読書家ではないが、この話はよく覚えていて、これからの年月のなかでヘンクにそれを読ませることになる。ヘンクは当然、すばらしいと思うだろう。塵。炭素。

つまりまあ。それは彼女の人生に心地よい軽快さをあたえる、問題のない見通しだ。彼女がいかに容易に愛撫を受けているか、見てごらん。

それから数分後、ヘンクの気が散る。ミア以外のなにかが彼の関心を求めている。彼はそれを押し殺してますます緊張感を高めるが、今度はその緊張感そのものに気が向いてしまう。彼の動きが遅くなり、ミアが目を開く。

「どうしたの?」

「なんでもない……」

彼は体を起こす。月明りにのみ照らされた部屋の光景は、深くドラマチックな影の青い明暗法《キアロスクーロ》を用いた地下のストリップ劇場のように見える。ヘンクは手で前から後ろへ、頭を撫でる。

「なんでもないけど……わからない……」

だがそこで彼は知る。使いものになる勃起に至っていないことを。半分勃起して、脈打たない、弱々しい膨らみになっているだけで、これではなにもできない。彼はそのものを手に取り、つねってみるが、ミアに遮られる。

「待って、わたしが……」

彼女は指の長いほっそりした手をしていて、指輪ははめていない。ヘンクはその手を昼間バスのなかで、年齢を判断しようとして見た。そのときには膝の上に置かれていた。いまヘンクは手がかなりそっけなく、少しせっかちに動くのを見ている。彼は枕にまた頭をあてて、ミアが自分の性器を元気にしようと試みるのを見ている。彼は自分を恥じている。ミアのような女性はすぐに使える勃起した性器を得る権利があるのに、このありさまだ。彼の性器は使いものにならない。アルコールのせいだ。今日という日のせいだ。いや、彼の人生のせいだ。あのときやあのとき、あのとき、というすべての連鎖がここ、このベッドに彼を導いたのだ。この女性の勤勉な手のなかで絶望的な性器をした自分へと。彼はほとほと疲れきっている。

「ミア……」

ミアは顔を上げ、彼の目を見て性器から手を離す。それから彼にぴったりくっついて横になり、たまたまそこにあった乳首にキスをして噛み、舐めるが、さいごには寄り添い、励ますように彼の腹をぽんと叩く。ヘンクはもうそれを感じない。ほぼ突然、眠りに落ちたので、その日一日――最初の目覚め、心臓と血液、七月の猛暑、スフルク、サスキア、ミア、フレーク、ヤン、チーズ（チーズディップも）、ご近所さん、『少年ケース』、おかしなローザ、ヘンクのヘンク性、ワイン（シェリーも）、マーイケ（との情事）、スフルク、獣医、心不全、ニーチェ、記憶、物語、スフルクの音楽性、ジョージ・ベイカー・セレクション、リディア（との離婚）、眠り（死への恐怖についての思索的な夢想も）、もう一度目覚める、スフルク、バス、ボートの少年、ミア、詩的な塵……一日がこうしてバン、とたちまち消え去る。

ヘンクは夢を見ている。数分後に彼は目を覚まし、その夢を覚えているだろう。夢のなかで彼は会話をしている。誰と話しているのか、彼にはわからない。自らの知らない一部と、かもしれない。五十六歳にしてはじめて繫がり、新たな国会議員のようにたちまち問題に口出ししはじめる脳葉と、かもしれない。いずれにせよ、会話はおおよそ以下のとおりだ。

——ヘンク、なにを考えてるんだ？

——ミアのこと。

——もう少し正確には？

——彼女の目。目の色。どの色か知らない。

——見にいってごらん。キッチンにいるはずだ。

――ああ、カレーを作ってる。だがそういう問題じゃない。見にいきたくない。彼女の目の色を知りたいんだ。知らないのは変だろう？

――なんで変なんだ？

――何度も彼女の目のなかを見たのに色を知らないなんて！

――自分で説明してるじゃないか。「目のなかを見た」って。目の表面じゃない。

――それは巧みな言い逃れだ。目の色を知らないなんて愚かしい。ある種の無関心、不注意だ。まるで真から彼女に興味をもっているわけではないみたいに。

――罪を感じる？

――ああ。いや。つまり、罪というのは、よくよく考えると実は馬鹿げた言葉だ……もっと悲しい感じ。彼女までもがぼくを簡単に手放してしまうような……。

――ああ、またその話か。ほぼすぐに忘れられてしまう人生……。

――ああ、そうかもな。すまない。どうもそのことがひっかかるようだ。俺はくどくど言いすぎなのかな？

――好きなだけ言ってればいいと思うよ……だが、なあ、まだ遅くはないんだよ。これから食事なんだろう？　カレー。そしたら彼女の目を見られる。よく見るんだ。

――うん……。

――どうした？

――ほんとはカレーはあんまり好きじゃないんだよ。

その瞬間、彼は目を覚ます。二十四時間で四度目に。今回は彼の〈意識〉はまるでがらんとした照明の暗い空間、修道院の独居房のように現れる。しっかり目覚めているのに、明白な考えも感情もない。夢はかなり遅れてはっきり思い出される。おかしなことに最初はカレーの匂い、次に会話の相手の声、それからミアの目は何色か、という順番で。それはすぐにわかる。もちろん、緑色だ。

彼は横を向く。ミアは眠っている。彼から離れて背中を向け、横向きに寝ている。夢を見ているかもしれない。明日の朝、二日酔い気味の朝食でその夢について彼女が話すかもしれない。朝食のあとは二人でスフルクを散歩に連れていくかもしれない。散歩から戻って、セックスをやり直すかもしれない。二人は今後も定期的に会うことになるかもしれない。いっしょにしあわせになるかもしれない。

修道院の独居房としての彼の意識は徐々に満たされていく。最初はほとんどかたちにならない――どことなく、外国の道の緑の路傍を思い出すような――考えやイメージ、記憶で。少しずつ彼の考えは晴れ渡っていく。修道院の独居房にふさわしく、比較的簡素な内容であることに変わりはないが。おかしい、と例えば彼は考える。俺はカレーが好きだったじゃないか、と。だが独居房は突如、まったく別の事柄で満たされる。空間全体を占め、すべての注意を喚起する事柄、紫と緑と黄色の大混乱――吐き気だ。彼は体を起こして立ち上がり、階段を下りてリビングをさっと通ってトイレに駆け込み、吐く。

酒だ、と彼は便器にかぶさりつつ思う。チーズの角切りもどうやらちゃんと噛まずに食べたようだ。もう一度、吐いて、喘ぎながらバスルームの床の上に仰向けに寝そべる。シャワーキャビネットの壁と、湿気で傷んだ天井という見慣れない光景が見える。見慣れないが、ホッとできる。最大の危機は去り、快復が始まったのだから。数分すると立ち上がることができる。顔を洗い、口をゆすぎ、歯を磨き、リビングに戻り、キッチンに行く。バスルームの床で思いついたのだ。カルネメルクを大きなグラスに一杯飲めば快復しそうだ、と。冷蔵庫の横に立って飲んでいると、不快な削るような音が聴こえてくる。すぐにスフルクだとわかる。また息苦しいのだ。スフルクは階段の下で脚を前に伸ばし、頭をのせて寝ている。

「スフルク……」

少し手間取って抱き上げるとソファに連れていき、膝にのせて座る。

「このほうがいい……」

スフルクはまるで自分には関係がなさそうに身を任せている。この息苦しい犬、穏やかでないわき腹、喘ぎ、だらんとした舌――これは他の犬であって、ぼく、スフルクではない。スフルクは散歩に出てるんだ、とでも言うように。彼の膝にはよそ者、〈非スフルク〉が寝ている。次に薬を飲ませるのはいつだろう、とヘンクは考えるが、時間の感覚がまったくない。月明りは手掛かりにならない。いずれにせよ、夜はまるで彼がスフルクとともに渡らなければならない平原のように、がらんと彼の前にある。ヘンクは抵抗することなくその行軍を受け入れる。彼は不穏な気持ちにならずにソファに座っている。体の一部が逃げ出そうとすることなく、考えの渦もなく、スフルクの頭、耳の後ろ、背中を撫でながら。数分後にはすでにその効果が現れ、スフルクの呼吸は穏やかになる。数時間後には薬を飲ませてもらい、散歩に行きたがるだろう。これからの数日で薬に慣れて、症状はほとんどなくなるだろう。それでもたまに息苦しくなることは致し方ない。しばらくはその状態がつづき、時折りヘンクはスフルクの心筋の病状の進行を実感できなくなる。だがその数ヵ月後には症状は急にひどくなるだろう。悪性化して、突然一気に進むだろう。スフルクは苦しみ、ヘンクも苦しむ。遠く離れた地でアンゴラのセーターを着て泣いているリディアも。十一月十七日にスフルクの苦しみに終わりが来るだろう。ヘンクはスフルクを安らかに眠らせるだろう。午後三時ごろ、心不全と診断を下した獣医の手で。ヘンクは死にゆくスフルクにそっと語りかけるだろう。もう行っていいよ、スフルク、よくがんばったね、と。それから死んでしまったスフルクを抱いて、はばかることなく大声で泣きわめくだろう。〈泣く〉ではなく〈泣きわめく〉だ。泣きわめきながらヘンクは思うだろう。一人でよかった、と。ミアかローザ、リディアといっしょでなくて。悲しみがとうてい抑えきれず、迷惑をかけかねないからだ。この光景を見慣れている獣医のみが見ている。ヘンクが泣きわめいて、顔をスフルクの毛皮に押しあて、長い鼻をもう一度撫で、耳に指をくぐらせているあいだ、獣医は診察台の前に直立して立ちつづけているだろう。ヘンクがようやく落ち着き、見上げると、立ち尽くして、亡くなった息子を思い出している獣医が見えるだろう。ヘンクは一瞬、獣医を抱きしめたい衝動に駆られるが、もちろんそんなことはしない。さいごにはスフルクを診察台に戻し、目と頬をティッシュで拭い、鼻をかむだろう。それから獣医と厳粛に握手をして、頷き、もう一度、スフルクのすばらしい毛皮に顔を押しあて、もう一度、これでほんとうに最後に顔を押しあてると、おもむろに踵を返して出ていくだろう。外の、怪物のような世界のなかへと。

だがそれはすべて後のことだ。いまのところはまだ七月のこの土曜、失礼、この日曜で、そろそろまとめの時間だ。我々はなにをソファの上に見ているか？ ヘンクとスフルクを見ている。彼らの一日は、どう描写するのがベストか？ カタルシス、浄化するような体験——いや、待ってくれ、これはやめておこう。無意味な概念だから、まとめの話はしまい。過ぎゆく時間が存在する、ただそれだけのことで、すべてはそれほど複雑ではないのだ。二十四時間がそろそろ過ぎ去る、という事実だけを認めよう。そして最後にもう一度だけ見てみよう——もちろんじっくりと、そしてそれだけにしておこう。

我々はヘンクとスフルクを見ている。ヘンクの表情は静かで慎ましいが、今日という日はまだ彼の頭のなかで余韻を残している。彼はローザのことを考えているのかもしれない。フレークかヤンのことかもしれないし、陶芸家のことでないともかぎらない。もしかしたら、この二十四時間、自分の身に降りかかったことを言葉で表現しようとしているかもしれない。なにもない。あらゆること。自分の人生。我々は彼がミアのことを考えていると思っていいはずだ。上で静かに眠っている彼女のことを。ミア、と彼は思うだろう。ミア、ミア、ミア、ミア、ミア、ミア、ミア、ミア、ミア、ミア。

ヘンクとミアに関しては次のことが決まっている。ヘンクはミアのなかに何度も押し入ることになる。彼はそれを驚くほど多様な体位でおこなう。最初はミアの要望で、のちには自分で得た情報によるエロティックな冒険を求めて——遅くはあるが、愉しい発見だ。ほぼ毎回、双方の、一回または複数回のオーガズムに至る。ほぼ同時に達することも珍しくはない。彼らは概して幸せであろう。理由はセックスだけでも、賢明にも別々に暮らしつづけていることだけでもなく、とりわけ彼らがほんとうに互いのことを大好きだからだ。もちろん、時には人生の投げやりな暴君が現れて、よくある不運やくだらないこと、タイミングの悪さ、延々とした繰り返しをもたらすこともある。それゆえ時に関係性はむずかしくなる。どのくらいいっしょにいるかはわからないけれど、まあ、たいしたことではない。一秒の幸せも十分にすばらしいものなのだから。

月明かりがゆっくりと部屋を横ぎる青ざめた模様を映し出す。フローリング、サロンテーブル、ローザが五歳のときに描いた絵（緑のメガネをかけてボートに乗った男とかわいいクマ）、青いガラスの花瓶、積み重ねた本、新聞、赤いソックス、齧られた豚耳の上に。模様はソファ、ヘンク、スフルクの上を極めて慎重に滑る。まるで、わたしが見守っているから安心して、という天使の手のように。スフルクが眠りに落ちる。ヘンクも密やかに眠りに包まれるが、まだ自らの意識に摑まれている。しばらくすると彼はゆったりできるよう横になる。これは心地よい。彼の動きによってスフルクは一瞬、目を覚まし、深いため息をつく。どうやら満足しているようで、再び眠りに落ちる。ヘンクはスフルクの頭を撫でつつ、好きなように動きまわる考えのあとを追いかける。

だいぶ経ってから――どれほどの時間が経ったかはヘンクにはわからないだろう――階段を下りる足音を耳にする。まるで子どもが自分の誕生日の朝、すでにテーブルに置かれているはずのプレゼントや飾りつけをした椅子、ガーランドにワクワクしながら階段を下りてくるように、とても慎重に。下りてくるのは子どもではなくミアで、慎重にではなく驚くほど軽やかに、ほとんど漂うように歩いてくる。彼女は裸だ。ヘンクは自分の心が開くのを感じる。それは今日のような一日のあとには危険だ。ミアの些細《ささい》なしぐさ――ほほ笑み、髪の毛をはらう、筆のような眉毛を上げる――だけで感情が溢れてしまうだろう。だが彼女は彼にまったく気づかずにリビングを斜めに横切り、ずっと軽やかなまま廊下に出る。しばらくするとトイレを流す音が聴こえてくる。リビングに戻ってくると、一瞬ドアのところで立ち止まる。だがちょうど彼が声をかけようとする瞬間にまた歩きだし、そのまま彼を見ることなく、長い脚で信じがたい軽やかさで階段から上へと消えていく。

ああ、ミア、とヘンクは思う。ああ、ミア、ミア、ミア、ミア、ミア、ミア、ミア、ミア、ミア、ミア、ミア、ミア、ミア、ミア、ミア、ミア……。

時間は過ぎてゆく。人生は過ぎてゆく。眠りが忍び寄る。スフルクがため息をつく。ヘンクは犬の心臓が犬の胸で鼓動するのを見る。彼は手を自らの男の胸に当て、男の心臓がポンプとしてはたらくのを感じる。血液が流れ、内臓が酸素で満たされているのを認める。その過程のどこかで生気が溢れはじめていることも。そしてそれは、と彼は理解する。東のほうではまた日が昇り、地球が動ずることなく冷え冷えとした宇宙に熱を放出し、ようやく瞼が閉じゆくなかで。

そしてそれはほんとうに、心臓について言えるもっとも賢明なことなのだ、と。

断り書き

12ページ〈壮大〉と28ページ〈もっとも美しくもっともすばらしい〉はチャールズ・ダーウィンの『種の起源』からの引用。12ページ〈塵と時間〉はホルヘ・ルイス・ボルヘスの詩「タンゴ」からの引用。87ページ〈我々の誕生する湿った墓〉はメノ・ウィフマンの詩「インテンシブ・ケア」からの引用。142ページ「〈愛〉または〈愛の欠如〉〈年を取ること〉それから〈死〉」はヘラルド・レーヴェの「創造する芸術家」からの引用。

134ページのフェルナンド・ペソアの詩は「春が来るとき」のオランダ語訳からの引用。わたしのように時折り、神なき祈りを必要とする人には、この詩全体を読むことをお薦めする。

訳者あとがき

本書『ある犬の飼い主の一日』はオランダの作家、サンダー・コラールトの小説 *Uit het leven van een hond*（『ある犬の暮らしより』、二〇一九年、ファン・オールスホット社）のオランダ語からの全訳である。コロナ禍の二〇二〇年六月、オランダの重要な文学賞、リブリス文学賞を受賞。テレビで放送されたリモートでの授賞式に、パーティー用の三角帽子を被せた愛犬（フローリスという名の若いコーイケルホンディエ）を膝に抱いて参加していた著者の姿が印象的だった。

主人公である中年男性、五十六歳のヘンクは集中治療室の看護師。離婚後、アムステルダム市南東部のウェースプで老犬スフルクと静かに暮らしている。太り気味、口下手で、生意気な新人看護師に言い負かされてしまうが、哲学や詩まで含む幅広い読書をとおして得た自分なりの人生観をもつ。弟とは馬が合わないが、その娘である思春期の姪、ローザとは恋愛や初体験についても話せるよい関係。その日の朝の散歩中、具合の悪くなったスフルクにやさしくしてくれた同年代の女性、ミアに心を惹かれていることも、ローザに聞いてもらう。同じ目線で対等に語り合う二人の会話がほほ笑ましい。

年配の男性と年配の犬の一日の物語を書こうというシンプルなアイディアが、この小説のはじまりだったと著者は言う。すぐに物語のトーンとメロディをつかむことができ、執筆は終始楽しかったそうだ。平凡な夏の一日は、スフルクの病気によってふつうではなくなってしまうが、そのおかげで新たな出会いもある。人生には限りがあり、悲しいことも嬉しいことも振りかかってくる。だからこそ、心ときめく事柄は大切にしよう――ヘンクをとおしてコラールトは読者にそう語りかける。

リブリス文学賞の選考委員会の講評には次のような言葉があった。「コラールトはまるで読者と楽しくお茶でも飲みながら会話をするように書く。だが読者はすぐにその居心地のよい口調、軽快な文章の裏に隠されているものの存在に気づく。これはより洗練された文学であり、注意して読む必要がある、と」「ポジティブな人間像を描いた本はあまりない。(中略)コラールトは目立たない男についてのとくべつな本を書いた。彼は読者に自分と似ていることへの驚きや、生きる喜び、生き方へのヒント、そしてたくさんの読書の楽しみをあたえてくれる」。

オランダでは分厚く重たい内容の小説が好まれる傾向があり、軽やかなテーマの本は中身が薄いように批評されがちだが、本書はちがった。「本質的に、『ある犬の飼い主の一日』は日常的なしあわせについての本である。小説としてはとりわけむずかしいテーマだ。才能のない作家であれば、すぐにべたついた感じになってしまう。軽く、力まず、同時に鋭く、明快であり、機知に富んだ方法で、ごく平凡なことを特別なことに変えるコラールトの手腕はみごとだ。どのページにも美しく、独自性をもつイメージ、的を射た表現が溢れている」（スタンダード紙）。「不穏な二〇二〇年に、実直な五十代の男性が主人公の、人生は価値があるものだということだけをメッセージとする知的で陽気な小説が受賞したということには、どこか希望がもてる」（デ・フォルクスクラント紙）。

コラールトはアムステルダムに隣接するアムステルフェーン市での子ども時代、スカウトが見にくるほどサッカーがうまかったそうだが、高校の化学教師だった父親の家じゅうに溢れる本を夢中で読んでいたのは主人公のヘンクそのもの。アムステルダム自由大学（VU）では歴史を学んだ。二〇〇六年にはオランダで出会ったスウェーデン人の妻とともにストックホルムから車で一時間半の田舎町に移住。かつての牧師館を改築した住まいで、毎週金曜、仕事と子育てで慌ただしい日常を離れて書斎にこもって物語を書く、ということをつづけた。二〇一〇年に最初の短篇が雑誌に発表され、二〇一二年に *Onmiddellijke terugkeer van uw geliefde*（『あなたの愛する人の瞬時の帰還』）で小説家としてデビュー。新人作家を対象とするファン・デル・ホーフト賞を受賞した。

異なる登場人物の短篇をとおして事実と虚構の境界を探った前作、*Levensberichten*（『人生の報告』）はトランプ政権が誕生した時期に書いていた。ポピュリズムの台頭や地球温暖化等、先行きの見えない不安に襲われ、次回は軽妙な物語を書きたいと思った。作家としてなにを試みているのか、という問いに対するジョン・アップダイクの答え――「平凡な事柄に然るべき美しさを与えること」――がずっと頭にあり、それを目標に書いたという。

「本書は薄いがとても豊かな本であり、すばらしい言葉、メタファー、観察に溢れている。同時にそれらはどれも軽やかで、あたりまえの、しずかで小さなことばかりだ。それがまさしくコラールトの目指しているところ、すなわち、小さな物事の壮大さを示す、ということなのだ」（NRCハンデルスブラット紙）という書評に、試みの成功が示されている。

メッセージ性の高い内容自体もさることながら、それを読者に伝える形式にも工夫がほどこされている。ヘンクを主体に語られた事柄を今度はミアの視点で語り直すことにより、（なるほど、そうだったのか）という発見が読者に与えられる。ところどころ（ヘンクが昼寝をしているときなど）に〈我々〉を主語にした語り手が登場するのも、臨場感があり楽しい。子ども時代のヘンクがサンダーバードに夢中だったことのみならず、将来、年を取ったヘンクにローザがどれほどやさしい存在になるかも垣間見ることができる。神的な存在の語り手は、この物語を書く作家のことまで見ているのだ。それによって物語に時間的・空間的奥行きが生まれ、読者が語り手とともに物語を俯瞰し、秘密を分かち合うような親密さが醸し出された。思春期以降は無神論者となったが、幼少時は家庭内でキリスト教とともにあり、見護られている安堵感があったことも、この手法に間接的に影響しているという。

楽しく読み、訳したものの、原題に込められた意味が未だわからない。「〈ある犬の暮らしより〉という絶妙なタイトルの、人間が主人公のこの一日の物語は、同時に彼の犬の物語でもある。すべては相対的である——誰が主人公に指名されるか、ということも含めて」（NRCハンデルスブラッド紙）という言及があるが、ほんとうにそうなのか？　愚問と思われるのを覚悟して著者に訊いてみたところ、仮につけていたタイトルがそのまま原題となり、実は深い意味はないのだ、と打ち明けてくださった。日本語版のタイトルも、原題に近い感じでわたしが仮につけていたものをそのまま使っていただけることになった。なにげない仮のタイトル、というのも軽やかな本書に合っている気がする。

さいごに、本書を巡るわたしの個人的な話を少し。はじめて読んだとき、ヘンクとミアの関係の描写が赤裸々で、同世代のわたしは戸惑いを感じた。当時八十四歳だった母に電話でその話をしたところ、意外な言葉が返ってきた。「そんなふうに辛い思いをしてきた女性がそういうしあわせを得るのは、わたしはとても大切なことだと思う」と。ミアに親身になってしみじみとそう言う母に背中を押され、やはりこの物語を日本に届けたい、と思った（ミアの年齢——ヘンクが若い女性に恋をするのではないこと——には作家としての主張が込められている、とインタビューでおっしゃっていた）。

もう一つ、物語のなかでペットの最期について言及される場面がある。オランダではペットの苦しみが堪えがたいものとなったときには動物病院で獣医に楽にしてもらうことが一般的だ。日本でも次第に理解が深まってはいるものの、いまだに殺処分と混同されることがある。こちらでは最期まで病院に連れていかないことのほうが、辛さを訴えられない動物にとって残酷だと考えられている。病院でお別れをして火葬されたペットの灰は、希望すれば後日、飼い主の元に届く。死生観は文化的背景や個人によって異なるもの。病院で安らかに眠らせることも飼い主の愛情であるとご理解いただきたい。

本書の出版を快諾してくださった新潮社の須貝利恵子さん、丁寧なお仕事で助けてくださった校閲部の方々にお礼を申し上げたい。コラールトさんが「表紙がいいね。本物のコーイケルだ！」と喜んでメールをくださるような輝くイラストを描いてくださった木内達朗さん、すてきな本に仕上げてくださった新潮社装幀室の望月玲子さん、そして、本書の真髄がぎゅっと詰まった哲学的で愛溢れる推薦文を書いてくださったいしいしんじさん、ありがとうございました。

本を読むことは人生に豊かな観点を与えてくれる実りの多い行為、というコラールトさん。日本での出版について「ヘンクがぼくの住むところからこれほど離れた場所で、再び新たな生を得ることをとてもとくべつに感じている」とメールに書いてくださった。その思いがスウェーデンとオランダ、日本のあいだの広大な空間を越えて、元気に走り回るスフルクのように読者の方々の心に届くことを祈っている。

二〇二三年三月、アムステルダムにて

長山さき

Uit het leven van een hond

Sander Kollaard

ある犬《いぬ》の飼《か》い主《ぬし》の一日《いちにち》

著 者
サンダー・コラールト
訳 者
長山さき
発 行
2023年4月25日

発行者　佐藤隆信
発行所　株式会社新潮社
〒162-8711 東京都新宿区矢来町71
電話 編集部 03-3266-5411
読者係 03-3266-5111
https://www.shinchosha.co.jp

印刷所
株式会社精興社
製本所
大口製本印刷株式会社

乱丁・落丁本は、ご面倒ですが小社読者係宛お送り下さい。
送料小社負担にてお取替えいたします。
価格はカバーに表示してあります。

ISBN978-4-10-590188-2 C0397

CREST BOOKS
Shinchosha

おじいさんに聞いた話

De trein naar Pavlovsk en Oostvoorne
Toon Tellegen

トーン・テレヘン
長山さき訳

「ハッピーエンドのお話はないの？」「これはロシアの話だからね」

ロシア生まれの祖父は、祖母にいくら止められても、人生の悲惨と理不尽を〈ぼく〉に語り続けた――。

『ハリネズミの願い』の作家自身がもっとも愛する掌篇集。

身内のよんどころない事情により

Post Mortem
Peter Terrin

ペーター・テリン
長山さき訳

家族に〈よんどころない事情〉があって——。気の進まない会食をドタキャンするために嘘をついたとたん、3歳の娘が脳梗塞で意識不明に……。ベルギー発の謎とサスペンスに満ちた長篇小説。

CREST BOOKS

ペンギンの憂鬱

Смерть постороннего
Андрей Курков

アンドレイ・クルコフ
沼野恭子訳

憂鬱症のペンギンと売れない短篇小説家。
彼らにつぎつぎと起こる不可解なできごと。
見えない恐怖がささやかな幸福を脅かしはじめる……。
ミステリアスで不条理な世界を描く新ロシア文学。

CREST BOOKS

本を読むひと

Grâce et Dénuement
Alice Ferney

アリス・フェルネ
デュランテクスト冽子訳
アンジェリーヌばあさんの宝物は、五人の息子、
四人の嫁、八人の孫。でもそこに「本」はなかった――。
ジプシーの大家族と図書館員の物語。
フランスのロングセラー。

C R E S T
BOOKS

べつの言葉で

In Altre Parole
Jhumpa Lahiri

ジュンパ・ラヒリ
中嶋浩郎訳

40歳を過ぎて経験する新しいこと――。
夫と息子二人とともにNYからローマに
移り住んだ作家が、自ら選んだイタリア語で
綴る「文学と人生」。初めてのエッセイ集。

CREST BOOKS